Miasmes

Du même auteur publiés en français

Au pied du mur, Gallimard, coll. « Série Noire », 1953 puis 1966, Éditions Baker Street, 2013

Le Vieux Cheval de bataille, Plon, coll. « Le Ruban Noir », 1953

La Candide Madame Duff, Gallimard, coll. « Série Noire », 1952

Crime étrange aux Bermudes, SPIE, coll. « La Bande Jaune », 1946

Elisabeth Sanxay Holding

Miasmes

Roman

*Traduit de l'anglais (États-Unis)
par Jessica Stabile*

Éditions Baker Street

Ouvrage publié sous la direction
de Cynthia Liebow

Titre original :
Miasma

Édition originale :
© E.P. Dutton & Co, 1929, puis renouvellement
des droits par les ayants-droit en 1957

Traduction d'après l'édition américaine
© Stark House Press, 2003

Édition française :
© Éditions Baker Street, 2018

Illustrations :
© Leonid Koslov, 2010

Traduction :
© Jessica Stabile, 2018

Introduction :
© Gregory Shepard, 2003,
avec l'aimable autorisation de Stark House Press

ISBN : 978-2-917559-98-7

Le Code de la propriété intellectuelle interdit les copies ou reproductions destinées à une utilisation collective. Toute représentation ou reproduction intégrale ou partielle faite par quelque procédé que ce soit, sans le consentement de l'auteur ou de ses ayants cause, est illicite et constitue une contrefaçon sanctionnée par les articles L.335-2 et suivants du Code de la propriété intellectuelle.

Introduction

C'est à la Grande Dépression que l'on doit les romans policiers d'Elisabeth Sanxay Holding. Jusqu'en 1929, elle a écrit des textes sérieux et conventionnels, comme *Rosaleen Among the Artists*, *Angelica*, *The Unlit Lamp* et *The Shoals of Honour*. Elle a publié six romans avant la Grande Dépression, à commencer par *Invicible Minnie* en 1920, pour terminer avec *The Silk Purse*, en 1928. Très tôt, les critiques ont souligné son talent pour la création et la psychologie des personnages ; l'article sur *The Silk Purse*, dans le *New York Times*, a même observé que : « Rarement a-t-on vu un assemblage plus convaincant de personnages qui disent oui, quand ils aimeraient pouvoir dire non. »

Ainsi, à l'arrivée de la Grande Dépression en 1929, alors que ses romans classiques se vendaient moins bien, Holding s'est tournée vers le roman policier ou, plus exactement, vers le roman à suspense. En bref, Elisabeth Sanxay Holding allait devenir le précurseur du roman à suspense psychologique féminin, dont se sont beaucoup inspirées Patricia Highsmith et Ruth Rendell.

Holding fut l'une des premières à écrire des romans policiers reposant plus sur la question du « pourquoi » que du « qui ». En fait, nous savons généralement qui est l'auteur du crime car souvent, il s'agit même du personnage principal. Le « pourquoi », en revanche, représente toujours le cœur de ses livres. L'aspect psychologique sous-jacent de ses romans constitue la base du mystère. Ses personnages agissent toujours selon un point de vue bien précis. Qu'il s'agisse de culpabilité, d'insatisfaction, de déception, de préjugés ou de pur altruisme, ils mettent leur drame personnel en scène en tenant très peu compte des autres points de vue. Et c'est là que réside le conflit : tous ont des œillères, ne voyant que ce qu'ils veulent voir, suivant leurs propres ambitions fourvoyées. Ils mentent quand cela peut leur nuire et clament la vérité quand ils ont pourtant tout à y perdre. En d'autres termes, ses personnages nous semblent très réels, crédibles.

Un époux riche et alcoolique se lasse de sa femme bienveillante, mais de classe inférieure. Tout ce qu'elle fait l'irrite. Il décide de s'en débarrasser, mais la boisson le rend psychotique et susceptible. À qui peut-il se fier ? Entre deux bouteilles cachées, entre deux bars miteux, la réponse lui paraît évidente : « à personne ». Quand son chauffeur vient à lui avec un plan (prendre sa femme sur le fait avec un autre homme), il saute sur l'occasion. Après tout, il faut bien finir par faire confiance à quelqu'un, tôt ou tard.

Telle est l'intrigue de base de *La Candide Madame Duff*. Ce qui rend ce livre si fascinant, c'est l'intensité avec laquelle Holding parvient à se glisser dans la peau de cet homme qui se trompe lui-même. Elle a écrit l'histoire dans un style concis et saccadé, permettant au lecteur de ressentir chaque aspect des obsessions vécues par cet époux alcoolique aux plans démoniaques. Bien que le style de vie des Américains à l'époque de Holding encourageât la boisson occasionnelle, elle n'avait pas peur d'en dépeindre les aspects les plus sombres. Elle avait déjà décrit ce type d'alcoolique dans *The Obstinate Murderer*, avec un peu plus de sympathie toutefois, et il ne fait aucun doute qu'elle connaissait bien cette personnalité.

La Candide Madame Duff et *Au Pied du mur* (celui-ci adapté deux fois au cinéma : *Les Désemparés* en 1949, et *Bleu profond* en 2001) constituent sans doute deux des plus grandes réussites de Holding. Raymond Chandler l'a qualifiée de « meilleure auteure de suspense » dans une lettre adressée à son éditeur britannique.

Au total, Holding a publié dix-huit romans à suspense, à commencer par *Miasmes*, en 1929, pour terminer avec *Widow's Mite*, en 1952. La plupart d'entre eux ont aussi paru en feuilleton, dans des revues nationales, et presque tous ont été édités en poche, en éditions étrangères ainsi que par des clubs de livres policiers. Elle a également publié quelques nouvelles dans des revues comme *McCalls*, *American Magazine* et *Ladies Home Journal*, mais aussi dans *Alfred Hitchcock's Mystery Magazine*, *The Saint*, *Ellery Queen's Mystery Magazine* et *The Magazine of Fantasy and Science Fiction*. Elle a même écrit une histoire pour enfant, *Miss Kelly*, qui dresse le portrait d'un chat capable de comprendre et de parler le langage humain venant en aide à un tigre terrifié.

Elisabeth Sanxay Holding est née à Brooklyn en 1889. Originaire d'une famille appartenant à la classe moyenne, elle a fréquenté différentes écoles privées, en particulier la Whitcombe's School, The Packer Institute, Miss Botsford's School et la Staten Island Academy. En 1913, elle a épousé un diplomate britannique, George E. Holding, avec qui elle a énormément voyagé en Amérique du Sud et dans les Caraïbes. Ils se sont installés quelque temps aux Bermudes, où son mari travaillait comme fonctionnaire gouvernemental. Elle a donné naissance à deux filles, Skeffington et Antonia ; celle-ci a épousé Peter

Schwed (auteur et éditeur chez Simon and Schuster et administrateur, jusqu'à son décès, des biens de Holding).

Holding avait 31 ans lorsqu'a paru son premier roman. Dès le départ, elle a introduit le thème de l'insatisfaction, qu'elle a ensuite repris à plusieurs reprises dans ses romans policiers. *Invicible Minnie* démarre avec lenteur – révélant d'emblée les détails sur lesquels le lecteur doit porter son attention – mais évolue pour devenir un récit assez intense, l'histoire fascinante d'une femme de tête qui se sert du sexe pour contrôler les hommes et arriver à ses fins. Pas de dénouement simpliste, pas de happy-end. Minnie fonce tête baissée sur tout le monde, sa sœur et ses neveux inclus, et triomphe par sa seule détermination. Dans cette première œuvre, on n'entrevoit que par bribes le style concis que Holding allait peaufiner dans les années 40, mais la remarquable caractérisation des personnages prend déjà forme dans les actions acharnées de Minnie et les différentes personnes qu'elle manipule.

Dans son deuxième roman, en net progrès par rapport au premier, Holding laisse le récit se raconter lui-même. *Rosaleen Among the Artists*, qui verse un peu moins dans le mélodrame qu'*Invicible Minnie*, histoire d'une jeune femme qui se sacrifie, lutte pour survivre et trouver l'amour à New York. Même si le roman est édulcoré par une fin mielleuse, Rosaleen traverse de grandes épreuves entre le moment où elle touche le fond et celui où elle sera enfin réunie avec son âme sœur, M. Landry. De fait, les deux personnages, aussi têtus l'un que l'autre dans la poursuite de leurs idéaux, sacrifient avec acharnement leur propre bonheur à tout vent et finissent presque par s'épuiser l'un l'autre avant la fin du roman. Quelle ironie : ce sont leurs propres principes qui ont failli anéantir leur unique chance de connaître l'amour !

En 1929, alors que la Grande Dépression mettait à un terme à sa carrière « conventionnelle », Holding a dû faire quelque chose pour subvenir aux besoins de ses deux filles. Elle aurait pu se plonger dans l'écriture de jolis mystères à l'eau de rose. Mais elle n'avait tout simplement pas cela en elle. Les personnages qu'elle a créés alors étaient trop contradictoires, trop impulsifs… trop imparfaits – et pas particulièrement romantiques. Ils n'agissaient pas dans leur propre intérêt, s'accrochaient à des idéaux qui, immanquablement, leur causaient des ennuis. C'est comme s'ils se sentaient contraints, même pour les meilleures raisons du monde, à commettre l'acte qui causerait justement le plus de dégâts.

Par conséquent, les romans policiers que Holding a commencé à écrire traitent de sombres affaires. Ils ont plus de points communs avec le roman noir que le roman d'enquête classique. Il est donc facile de comprendre pourquoi elle comptait parmi les auteurs favoris de Raymond Chandler. Le meurtre et l'obsession attendent toujours au tournant, et la menace ne vient pas forcément de l'extérieur. Au contraire, elle vient souvent de l'intérieur. Les personnages ont quelque chose à cacher. Parfois, on tombe sur un dénouement heureux. Parfois, non. Parfois, il y a un enquêteur, mais il est en général aussi perdu que les autres. On pourrait dire que les personnages de Holding ont bien de la chance s'ils se retrouvent avec leur santé intacte aux dernières pages – du moins sur le plan physique, pas forcément sur le plan mental.

Dans *The Virgin Huntress*, nous suivons le jeune Monty lors du Victory Day[1], où il fait la connaissance d'une femme plus âgée, Dona Luisa, qui l'introduit dans un monde de raffinement et de culture dont il a toujours rêvé. Charmant, bien que peu sûr de lui, il est quelque peu opportuniste – parfois trop – dans sa façon de traiter les femmes. De fait, d'anciens secrets le rongent, qui commencent à le briser lorsque Rose, la nièce de Dona Luisa, se met à fouiller dans son passé. À la fin de ce court roman, Monty, percé à jour, devient la victime de son propre opportunisme. Holding n'en dresse pas un beau portrait.

---

1 Jour férié célébrant la fin de la Seconde Guerre mondiale ainsi que la victoire de l'Amérique sur le Japon. (Toutes les notes sont de la traductrice.)

Un autre thème cher à Holding traite des relations familiales compliquées et des disputes domestiques. *Dark Power* en est le parfait exemple. Au cours du premier chapitre, nous faisons la connaissance d'une jeune femme, Diana, qui découvre qu'elle n'a plus le sou et se retrouvera bientôt à la rue. Or, avant que pareil malheur n'arrive, un oncle excentrique, dont elle ignorait l'existence, vient soudain à sa rescousse. Il est heureux de l'accueillir dans la maison familiale, où elle fait la connaissance de toute une série de parents qui ont tellement de problèmes qu'elle s'en sortira à peine vivante, à la fin du roman.

Holding aimait aussi analyser la manière dont le stress du travail agit sur les personnages, en particulier sur les hommes d'un certain âge, une situation qu'elle a mêlée à son thème des disputes domestiques. *La Candide Madame Duff* en est un exemple frappant, mais *The Dead Wish* en est un autre où un homme, M. Delancey, qui s'est toujours considéré comme heureux dans son mariage, traverse une crise au cours de laquelle il découvre qu'en fait, il déteste sa femme. Elle l'a lentement émasculé en contrôlant, sou par sou, les dépenses du ménage. Un jour, son meilleur ami lui avoue que sa situation domestique ne diffère guère de la sienne et qu'il prévoit de tuer sa propre épouse. Delancey se retrouve alors rongé par le doute. Choqué par cette confession, il espère que le décès de l'épouse de son ami, retrouvée noyée, n'est qu'un accident. Mais une graine a été plantée, et plus rien ne sera jamais comme avant, dans sa vie jusqu'alors flegmatique.

Le talent dont faisait preuve Holding dans la création de ses personnages rend toutes ces situations crédibles et leur confère une perspective psychologique qui, non seulement attribue un caractère sympathique à leur faiblesse, mais crée aussi une tension qui alimente l'histoire jusqu'à la dernière page. Toutes leurs actions sont compréhensibles au vu des circonstances, et d'autant plus qu'elles se laissent deviner. *The Death Wish* voit Delancey se convaincre lui-même, au départ, que sa femme est simplement un peu lunatique et manque de confiance en elle. Il ne veut pas penser mal d'elle. Mais le lecteur sait que les plaintes perpétuelles de l'épouse, même s'il n'y voit qu'un simple reflet de son sentiment d'insécurité, étouffent Delancey, que ses mots sont de petites piques produisant leur effet ; elles mettent Delancey à sa merci, avec subtilité, certes, mais avec fermeté. Nous partageons sa faiblesse et sa frustration, l'effroi qu'il ressent de plus en plus dans son ménage, et tout de ce qui se passe, une fois cette situation constatée, paraît inéluctable. Même le meurtre.

Telle était la grande force de Holding : rendre les lieux communs, l'ordinaire, aussi horribles et riches en suspense. Mais détrompez-vous : qu'elle traite de familles dysfonctionnelles ou de mariages ratés, elle laissait, dans ses livres, une grande place au mystère. Dans *Lady Killer*, Honey, une ancienne top-modèle fraîchement mariée, fait une croisière dans les Caraïbes avec son époux plus âgé, qui se révèle un vieux râleur capricieux voyant le mal partout. Alors qu'Honey commence à réaliser qu'elle ne supportera jamais la vie avec un tel mari, elle découvre que l'homme de la cabine voisine pourrait essayer de tuer sa femme. Elle se met en tête de tout faire pour protéger la pauvre malheureuse, qui ne semble pourtant pas vouloir de son aide. De fait, tout le monde à bord semble estimer qu'Honey ne devrait pas se mêler des affaires d'autrui.

Mais plus Honey avance dans son enquête, plus les autres passagers commencent à lui sembler bizarres. Son propre époux commence à lui paraître étranger. Et même lorsqu'elle découvre un cadavre, la réalité ne correspond pas forcément aux apparences. Mais les petits mystères s'accumulent, et nous nous retrouvons balayés par les suspicions et les doutes d'Honey, jusqu'à ce que nous commencions à croire, comme elle, qu'il ne faut faire confiance à *personne*.

Miasmes nous offre une autre série de mystères. Un jeune docteur, Dennison, ses ressources financières quasi épuisées, est contacté par un riche médecin plus âgé de la ville qui lui demande de s'installer chez lui et de s'occuper de ses patients. Tout va pour le mieux dans le meilleur des mondes, hormis que la jeune infirmière de service conseille immédiatement à Dennison de prendre ses cliques et ses claques, que d'étranges clients vont et viennent en pleine nuit et que son prédécesseur a disparu. Sans parler de cette décoction étrange que le vieux docteur prescrit à certains de ses patients, dont l'un est justement retrouvé mort – apparemment d'une crise cardiaque. Holding enchaîne les éléments mystérieux jusqu'à ce que Dennison et nous-mêmes nous demandions que diable se passe-t-il ici – et nous voilà incapables de refermer notre livre, peu importe l'heure tardive et le moment où il faudra se lever le lendemain.

Ce n'est pas pour rien que Dorothy B. Hughes a déclaré que « les connaisseurs continueront de se ruer en librairie à chaque nouvelle parution d'un roman de Holding ». Ses livres sont, d'une part et surtout, agréables à lire. Ils ne sont pas uniquement d'excellents exemples de suspense psychologique et de brillantes études de personnages : leur intrigue évolue à un rythme plaisant et vif. Holding n'a jamais été réputée pour les fioritures. Ses dialogues sonnent toujours juste. Les pauses exprimant le doute ainsi que les mensonges, égoïstes comme préjudiciables, sont placés à bon escient. Nous n'aimons peut-être pas toujours ces personnages, mais le récit de Holding est tellement prenant que nous sommes contraints de poursuivre notre lecture, afin de savoir ce qu'il adviendra d'eux.

Jusqu'à sa mort, en 1955, Elisabeth Sanxay Holding était considérée comme l'un des meilleurs auteurs de littérature à suspense. L'heure est venue de la redécouvrir. Ses livres ne sont peut-être pas tous disponibles aujourd'hui, mais ils n'ont pas vieilli pour autant.

Gregory Shepard
Septembre 2003

Gregory Shepard est l'éditeur de Stark House Press, une petite maison d'édition du Nord de la Californie consacrée aux rééditions de grands textes de la littérature policière. Stark House Press a à ce jour réédité seize livres d'Elisabeth Sanxay Holding aux États-Unis.

Chapitre un

Dennison trouve du travail

Avant de s'installer dans la petite ville de Shayne, Alexander Dennison avait effectué des calculs minutieux. Il avait compilé des statistiques sur la population, le taux de naissances et le taux de décès, évalué le pourcentage probable d'accidents et de maladies. Il avait conclu, à sa grande joie, qu'il y avait assez de place pour un autre médecin.

Il loua donc un cottage, engagea une aide pour la cuisine et le nettoyage, accrocha sa propre enseigne, puis attendit.

« *Bien sûr, le plus difficile, c'est de démarrer* », écrivit-il à sa fiancée.

Il attendit. Son enseigne indiquait que son cabinet était ouvert de 9 à 10 et de 2 à 4. Pendant ces heures, il attendait, assis dans son petit bureau bien rangé. Il ne pouvait y fumer : l'odeur du tabac n'aurait pas été convenable. Alors il se contentait d'attendre, observant la rue tranquille de derrière ses rideaux. Les heures de consultation passées, il se rendait dans la petite salle à manger sombre, allumait sa pipe et lisait ou méditait. Et chaque jour, par beau temps ou sous la pluie, il s'adonnait à une longue marche, sans oublier de laisser des instructions claires à la cuisinière : si quelqu'un téléphonait, elle devait lui dire quand le docteur reviendrait.

Personne ne téléphona. En un mois, il n'avait vu que deux patients : un garçon de courses blessé au doigt et un automobiliste de passage, qui s'était foulé le poignet en maniant la manivelle. Il était peu probable que l'un d'entre eux revînt ou qu'il recommandât le médecin à quelqu'un d'autre.

Au début du deuxième mois, Dennison décida qu'il pouvait se passer de la cuisinière et que le cottage ne nécessitait un nettoyage que deux fois par semaine. À la fin du deuxième mois, il jugea qu'il pouvait effectuer ces tâches lui-même. De plus, il écrivit à plusieurs compagnies de transports maritimes pour leur demander s'il leur manquait un médecin sur un bateau. Il passait ses soirées à réaliser de nouveaux calculs, couvrant page après page de petits chiffres bien formés, essayant de déterminer combien de temps il pourrait tenir en adoptant un régime des plus frugaux.

C'était un jeune homme grand et renfrogné, avec un

visage fin, intelligent et une bouche volontaire. Il n'était ni beau, ni amusant. Il pouvait se targuer d'une intelligence tenace, sinon brillante – du moins honnête. Sa fiancée lui avait conseillé de se mettre davantage en valeur.

« *Tu dois te mêler aux gens et te faire des amis, mon chéri , écrivait-elle. Tu dois te faire des relations. Je suis persuadée qu'il s'agit du seul moyen de se faire une clientèle.* »

Il était prêt à l'admettre, mais il ne voyait aucune raison d'essayer : trop pauvre pour appartenir à un club, il lui était également difficile de saisir l'occasion par les cheveux, vu que personne ne l'appelait. Il était médecin : les gens, il ne s'y « mêlait pas » ; il voulait les soigner, rien d'autre.

Sa fiancée s'opposait fermement à son idée de s'embarquer sur un bateau.

« *Cela signifie tout simplement reporter notre mariage indéfiniment, écrivait-elle. Si tu entreprends deux ou trois voyages, il te faudra tout recommencer à zéro à ton retour. Alex, mon chéri, essaie de t'en tenir à ton premier projet. Tu sais que je ne demande pas la lune. Dès que tu gagneras trois mille dollars par an, nous pourrons nous marier, et je sais que je peux t'aider.* »

Sa lettre le remplit d'impatience, de tristesse, presque de colère. Bien sûr, la pauvre créature ne comprenait pas. Elle ne savait rien de l'argent : elle vivait dans la maison de son père, bien à l'abri, protégée. Elle ne pouvait comprendre ce que signifiait ne rien avoir. Dennison était jeune et fort, les épreuves ne l'effrayaient guère, mais il lui fallait *quelque chose* à se mettre sous la dent.

Il finit par recevoir une réponse d'une compagnie de transports maritimes. Il se rendit à New York pour un entretien, au cours duquel on lui proposa une couchette de toubib sur un petit navire de fret. Il demanda vingt-quatre heures pour réfléchir et rentra à son cottage, le cœur lourd comme le plomb.

« Je dois écrire à Evelyne. Et elle pensera que je suis un raté. Son père pensera que je suis un raté. Mais ce n'est pas vrai ! Je m'en sortirai bien, un de ces jours. Chaque chose en son temps. »

Le soir tombait sur cette journée d'avril pluvieuse lorsqu'il arriva chez lui. Le crachin frais avait trempé son manteau ; ses pieds étaient mouillés et lui, fatigué et affamé. Il accepta son sort inconfortable comme une évidence. Écrire une lettre à sa chère et tendre, voilà qui le dérangeait davantage.

« Je vais lui proposer de lui rendre sa liberté, c'est tout. Je ne peux pas lui demander de m'attendre à tout jamais. Elle ne mérite pas ça. »

Alors il se la remémora telle qu'il l'avait vue la dernière fois, lors d'un dîner dans la maison douillette de son père, une petite créature si belle, si gaie…

Bien sûr, son cottage était plongé dans le noir, puisque

personne ne l'attendait. Mais lorsqu'il déverrouilla l'entrée, il remarqua quelque chose qu'il n'avait jamais remarqué auparavant : une note glissée sous la porte. Il la ramassa et l'ouvrit en allumant la lumière.

« *Pouvez-vous passer chez le docteur Leatherby cet après-midi ?* »

Quelle déception ! Il avait espéré que le message viendrait d'un patient.

« Et si le docteur Leatherby avait du travail pour moi… » pensa-t-il.

Tout à ses réflexions, il grimaça. Avant de s'installer à Shayne, il avait discuté avec le plus grand pharmacien de la ville, qui lui avait donné des informations sur les autres médecins du lieu.

« Il y a le docteur Leatherby, avait finalement déclaré le pharmacien. Mais il est pratiquement retraité. Il voit quelques vieux patients dans son cabinet et se limite à trois visites par jour. Il ne pèse pas vraiment dans la balance. »

« Qu'est-ce qu'il me veut ? » pensa Dennison.

Il s'imaginait le nombre de corvées indignes que l'on pouvait proposer à un jeune médecin dans le besoin. La fatigue, la faim et la frustration aidant, il pressentait qu'il s'agissait justement d'un emploi de ce genre. Ç'aurait été trop demander à la chance de lui sourire à ce moment précis.

« J'irai quand même. »

Sur ce, il ressortit, verrouilla la porte derrière lui et se remit en route sous la pluie. Il avait trouvé l'adresse du docteur Leatherby dans l'annuaire et savait comment s'y rendre. Cette marche arrivait à propos, elle lui laissait le temps de réfléchir. Alors, il réfléchit.

Lorsqu'il arriva, la maison du docteur Leatherby le stupéfia : vaste et imposante, bien en retrait de la route, sur un terrain bien entretenu. Il s'engagea dans l'allée, monta les marches d'une terrasse éclairée et sonna. Un domestique lui ouvrit.

- Je suis le docteur Dennison.

- Entrez, Monsieur ! déclara le domestique.

Il l'invita dans une pièce où un feu vif brûlait, une pièce élégante, luxueuse, chaleureuse, à l'éclairage tamisé et tapissée de livres. Dennison se dirigea vers l'âtre et regarda les flammes, sombre, abattu, pensant à sa propre maison froide et sans confort, à son repas qui l'y attendait – harengs en boîte et pain.

« Si Leatherby a un travail à m'offrir… Mais je ne vois pas… »

Le luxe ne le rassurait guère. Au contraire ! Un généraliste retraité dans une petite ville comme celle-ci n'aurait pas pu se permettre de vivre dans une telle opulence. De plus, il se méfiait du luxe : lui-même ne connaissait que la difficulté et la solitude. Il considéra le docteur Leatherby d'un œil toujours plus sceptique.

« Eh bien, nous verrons ! »

Le son d'un pas tranquille sur les marches aiguisa son attention. Il attendit, sans grande joie, qu'un grand « charlatan » fît son entrée. Mais celui qui apparut n'avait en rien l'apparence d'un charlatan. C'était un homme robuste d'une cinquantaine d'années aux yeux sombres et à la barbe grise, bien taillée, un homme d'où émanaient la dignité et l'autorité.

- Docteur Dennison, asseyez-vous, je vous prie ! Je suis le docteur Leatherby. Merci de vous être déplacé.

Et de poursuivre, avec ce calme qui le caractérisait :

- J'irai droit au but. Vous fumez, Docteur Dennison ?

- Merci, pas maintenant.

Il était dans sa nature de ne rien accepter tant qu'il ne savait pas ce que l'on attendait de lui.

- L'âge me rattrape, poursuivit Leatherby. Il m'est difficile de sortir par tous les temps. J'ai besoin de l'aide d'un homme plus jeune. J'ai consulté votre dossier, Docteur Dennison, il est plus qu'honorable !

- Merci.

- Avant de vous contacter, j'ai également écrit à mon vieil ami, le Professeur Leeds, auprès duquel vous avez étudié l'anatomie. Il vous a chaudement recommandé.

- Merci, répéta Dennison.

Tous ces compliments ne le flattaient guère, car il savait fort bien que son dossier *était* bon.

- Vous venez d'ouvrir un cabinet. Il s'agit d'une étape

difficile pour un jeune homme sans influence. J'ai donc pensé qu'un lien avec un praticien plus âgé vous serait utile. Je vais vous expliquer dans le détail ce que j'attends de vous. Je vous demande de vivre ici, dans cette maison, pour assurer les visites de nuit, mais aussi pour m'assister, parfois, avec les patients du cabinet. Je vous paierai un salaire de cinquante dollars par semaine. Ce n'est pas grand-chose, mais nous prendrons bien entendu en charge toutes vos dépenses quotidiennes. De plus, je pense que cette expérience sera tout à votre avantage.

« Cinquante dollars par semaine », pensa Dennison, dont les chaussures étaient usées jusqu'à la semelle et dont le solde du compte en banque était inférieur au minimum autorisé pour les chèques.

Mais il écarta ces considérations ; ce n'était pas la meilleure manière d'évaluer une offre. Y avait-il quelque chose de louche là-dessous ?

- Vous êtes généraliste ?

- C'est bien cela, répondit Leatherby en souriant. Les choses courantes, rien de rare. Mais je dois souligner qu'un tel cabinet offre une précieuse expérience pour un jeune homme.

Dennison resta silencieux un instant. Rien ne clochait dans cette proposition. Au contraire, il s'agissait d'une magnifique opportunité pour lui. Par ailleurs, il ne voyait rien de douteux en Leatherby. L'impression était plutôt bonne.

« Et si je découvre, plus tard, quelque chose qui me déplaît, je pourrai toujours démissionner. »

Il déclara donc, en relevant le regard :

- Merci, Monsieur. Je suis ravi d'accepter votre offre.

- Bien ! Peut-être alors dînerez-vous avec moi ce soir, Docteur Dennison, et nous ferons connaissance !

Adoptant un sérieux de circonstance, le jeune homme accepta l'invitation et retourna à son cottage avec des sentiments mitigés. Il était ravi, fort ravi même, de cette opportunité mais, d'un autre côté, elle le désolait. Il essaya de se consoler en pensant au salaire et à l'expérience inestimable qu'il allait acquérir, mais en vain. Il ne voulait pas des patients du docteur Leatherby. Il voulait les siens.

Il ne voulait pas tirer un trait sur son triste petit cottage ni sur son indépendance.

Il ne pouvait toutefois refuser pareil tremplin. Il enfila son plus beau costume de serge bleue et, juste avant de s'en aller, avala le hareng en boîte et plusieurs tranches de pain pour ne pas paraître honteusement affamé à la table de Leatherby.

Il fut bien vite heureux d'avoir agi de la sorte, car il prit place devant un repas de rêve : des plats savoureusement cuisinés, merveilleusement servis et accompagnés d'un grand cru ; rien à voir avec les repas habituels de Dennison – rien à voir non plus avec ceux qu'il s'attendait à trouver dans la maison d'un médecin de campagne.

Ils dînèrent seuls, dans une belle vieille pièce avec, sur la table, des bougies qui projetaient une lumière agréable sur le damas, l'argent et le verre délicat. Un domestique les servait. Dans l'ensemble, une atmosphère de cérémonie amicale émanait de ce repas, comme s'il couronnait une rencontre d'importance.

Au départ, le docteur Leatherby tenta d'aborder les diverses subtilités culinaires des plats mais, remarquant l'ignorance de Dennison à ce sujet, il se tut un moment.

- Vous êtes invité à utiliser ma bibliothèque, Dennison, finit-il par ajouter. Je pense que vous y trouverez de nombreux ouvrages à votre goût. Surtout si vous aimez les classiques.

Le jeune Dennison ne lisait jamais autre chose que des revues et des ouvrages médicaux ou bien, pour se divertir, des histoires sur l'Ouest sauvage. Mais il jugea malséant de refuser l'invitation.

- Merci, Monsieur.

- Dans ma jeunesse, j'ai perdu beaucoup de temps à traduire Ovide, le poète latin. Jusqu'à ce que je réalise que quelqu'un avait fait bien mieux que moi avant ma naissance. Pourtant, cette œuvre exerce, aujourd'hui encore, un charme étrange sur moi. Vous connaissez *Les Métamorphoses* ? Vous connaissez l'histoire…

Il poursuivit son discours et raconta un épisode particulier. Dennison n'en avait jamais entendu parler, et il le trouva passablement déconcertant.

- Eh bien, lança-t-il, embarrassé, je suppose que les gens ont des idées différentes aujourd'hui…

- Une conception différente de la vie dans son ensemble, répondit Leatherby. Une conception plus riche et plus noble, une harmonie entre le corps et l'esprit qui a péri. À l'époque, les gens savaient apprécier les plaisirs de la chair sans vulgarité. Ils attribuaient même un caractère divin à l'ivresse. Ils étaient assis, une couronne de fleurs sur la tête… Essayez ce Porto, Dennison !

- Merci.

Les propos de Leatherby avaient impressionné Dennison, ils avaient éveillé son attention, sans le convaincre pour autant. Le jeune homme avait traité bien des cas d'ébriété à l'hôpital et il ne voyait rien de très divin en eux.

Carpe diem, poursuivit Leatherby. Cueillir le jour, voici l'art de vivre. Apprécier et se réjouir de ce que l'on a, et non convoiter, d'un regard affamé, l'impossible du lendemain. Cueillir le jour.

- Mais parfois, c'est impossible, rétorqua Dennison, en pensant aux gens croisés à l'hôpital, dont la douleur et l'angoisse rythmaient les heures. Quand vous n'avez rien à apprécier…

- Ah ! lança Leatherby, en relevant le regard, une note étrange dans la voix.

Le jeune homme vit un sourire bizarre mais ferme se dessiner sur le visage de son interlocuteur.

- Nous ne devons pas forcément accepter les conditions que l'on nous impose.

- Je ne vois pas vraiment… répliqua Dennison, avec une légère moue.

Leatherby abattit les poings sur la table.

- Certaines vies… cria-t-il. La souffrance, la futilité… la futilité ! Et nous, médecins, sommes priés d'investir tout notre savoir-faire à prolonger les souffrances les plus désespérées !

Un tel emportement surprit et toucha Dennison. Ils restèrent tous deux silencieux un moment.

- Je sais, finit par déclarer Dennison. J'ai vu des cas… Mais le fait est, Monsieur…

Il hésita, par timidité, mais continua, car c'était un homme honnête et sérieux :

- Je pense que la souffrance a un but, Monsieur…

- Nous prendrons le café dans la bibliothèque, l'interrompit Leatherby, se levant et ouvrant la marche en direction de l'âtre, suivi par le domestique, qui apportait le café.

Ils discutèrent amicalement, une heure ou plus, des patients que Dennison irait voir. Ensuite, le jeune homme prit congé et rentra chez lui – toujours sous la pluie.

Le cottage était aussi froid et aussi humide qu'un caveau. Dennison garda son pardessus lorsqu'il s'assit pour écrire ses lettres : à la compagnie des transports maritimes, d'abord, pour refuser le poste, et à Evelyne, ensuite.

« Bien sûr, c'est une opportunité incroyable pour moi. J'y glanerai l'expérience dont j'ai besoin. De plus, je peux, avec un tel salaire, mettre de côté au moins quarante dollars par semaine. »

S'ensuivit une page de calculs : comment il comptait économiser deux mille dollars par an, dont il utiliserait la moitié pour acheter des meubles et l'autre, pour constituer un petit bas de laine. *Ensuite*, fort de toute l'expérience qu'il aurait glanée et des relations qu'il espérait se faire, ils pourraient se marier, *ensuite*. La lettre adoptait le ton sobre et plutôt sec qu'il avait l'habitude d'utiliser dans ses correspondances mais, à la fin, il se laissa aller à un petit rebondissement inattendu – peut-être était-ce pour cela qu'Evelyne l'aimait.

« *Un an peut sembler long, ma chérie. En ce moment, je pense à ton doux sourire. Tu me manques tellement. Je ferai de mon mieux. Que Dieu te bénisse.* »

Il alla se coucher mais ne dormit pas tout de suite. Il lui fallait faire d'autres calculs, et il voulait réfléchir au docteur Leatherby.

« Je ne parviens pas vraiment à le cerner. Certaines de ses idées... Quoi qu'il en soit, c'est un homme raffiné. Qui connaît son métier, d'ailleurs... Mais ces classiques... Je n'ai jamais été très doué en latin. Cette... Cette anecdote... », pensa-t-il.

Il s'endormit au son de la pluie tambourinant sur le toit et rêva. Il se vit allongé sur un divan, une couronne de fleurs sur la tête, écoutant le docteur Leatherby vêtu d'une tunique au liseré pourpre, qui récitait quelque chose en latin.

« *Hasta. Hastae... Hastae*[1] », chantait le docteur.

« C'est la première déclinaison, pensa Dennison, inquiet. Mais j'ai oublié... Je ne sais pas s'il se trompe. »

Il prit ensuite conscience qu'Evelyne pouvait l'entendre, et il s'inquiéta davantage.

---

1. « Lance. Lances... Lances. »

- Vous surveillerez vos paroles, n'est-ce pas, Monsieur ? Il y a une dame ici.

- *Hastam, Hasta*, scandait le docteur.

Dennison se leva pour le prier de faire attention.

Lorsqu'il ouvrit les yeux, le soleil brillait dans sa chambre.

Chapitre deux

Dennison choisit d'ignorer un conseil

Tout avait merveilleusement changé pendant la nuit. La maison du docteur Leatherby, qui avait tant impressionné Dennison dans l'obscurité, sous ses airs de sombre splendeur, prenait, en cette matinée, un aspect convivial et accueillant – même si elle perdait ainsi de son attrait. Pierres brunes, terrasse en briques à l'avant, colonnade, avant-toit qui formait un balcon au premier étage et, à chaque coin, une tourelle très simple. Elles conféraient à la demeure un petit air de château de théâtre bien propret. La pelouse, trempée après les ondées de la nuit, s'habillait de vert pâle. Les vieux arbres majestueux commençaient à bourgeonner. Le ciel se colorait d'un bleu pur et lumineux, et le jeune Dennison sentit en lui la promesse palpitante du printemps.

Cinquante dollars par semaine, pensa-t-il, voilà comment sa vie l'avait amené à penser. Tous ses espoirs, ses rêves avaient eu besoin d'argent pour qu'ils se réalisent, et il avait eu tant de difficultés à en réunir : de l'argent pour ses études, pour sa formation de médecin, pour des vêtements décents.

Aujourd'hui, c'est l'Amour qui exigeait de l'argent. Il ne pouvait avoir Evelyne sans le sou. Tout le plaisir ressenti en cette douce journée, tous les espoirs de son jeune cœur se concentrèrent sur ce seul objectif. Le vent d'avril soufflait sur son visage et apportait le parfum le plus délicat et le plus exquis du bois mouillé. Alors, il pensa :

« Je dois d'abord m'acheter une paire de chaussures. »

Il sonna à la porte, et le même domestique lui ouvrit mais, cette fois, il sembla le reconnaître : un air de respect se dessina sur son visage doux et d'âge moyen.

- Si vous voulez bien vous rendre dans la salle de réception, Monsieur, Miss Napier vous expliquera tous les détails.

« Qui est cette Miss Napier ? » pensa Dennison.

Il suivit l'homme jusqu'au bout du couloir, puis passa une porte et se retrouva dans une pièce baignée de soleil, petite, avec des murs et des meubles blancs. Une jeune femme vêtue d'une robe blanche était assise derrière un bureau, les cheveux aussi lumineux que le soleil. Ses dents blanches brillèrent de tout leur éclat quand elle sourit. Une brise, s'engouffrant par la fenêtre, fit frémir les rideaux. Tout, dans cette pièce, paraissait vivant, chaleureux, et faisait vibrer quelque chose en lui.

- Vous êtes le docteur Dennison ? Je suis Miss Napier. Le docteur Leatherby m'a demandé de vous mettre au courant de différents points.

Il vit qu'elle portait un uniforme d'infirmière et la casquette d'un célèbre hôpital. De plus, elle s'était levée à son arrivée, attitude appropriée pour une infirmière en présence d'un médecin. Toutefois, il en fut quelque peu gêné.

- Veuillez vous asseoir, lui demanda-t-il.

Elle lui obéit, et il prit place sur une chaise, en face de son bureau.

- Le docteur Leatherby ne se sent pas bien ce matin, expliqua-t-elle. Pouvez-vous prendre ses patients du cabinet ? Je pourrai peut-être vous aider ? Je vais vous donner leur dossier avant que vous les receviez.

- Merci, répondit-il avec raideur. L'un d'entre eux est-il déjà arrivé ?

- Deux.

Elle lui tendit deux dossiers avec leurs noms, leur anamnèse et des « remarques », tapées avec soin à la machine.

- Merci.

Il se rendit aux toilettes se laver les mains. Elle l'attendit dans le cabinet.

- Aurez-vous besoin de moi, Docteur Dennison ?

- Je ne crois pas.

- Il y a une clochette, au cas où.

Elle sortit et revint à la petite pièce faisant office de réception. L'espace d'un instant, il crut que le soleil avait perdu de son éclat. Puis, le premier patient entra, et il oublia ses rêveries.

Il vit cinq patients ce matin-là, du jeune garçon au genou éraflé qu'il fallait panser, à une femme très âgée qui avait besoin d'un fortifiant. Or, peu importe leur âge ou leur condition, ils présentaient un point commun : ils firent tous preuve d'une franche déception à la vue de Dennison, qui remplaçait Leatherby. La vieille femme lui avoua même le fond de sa pensée, exprimant de sérieux doutes quant à l'ordonnance qu'il lui avait remise. Dennison, lui-même direct, n'y trouva rien à redire. Il ne lui en voulait pas : il ne voyait aucune raison à ce que ces gens l'apprécient ou lui fassent confiance d'emblée.

Le dernier patient parti, il entra dans la salle de réception, où Miss Napier tricotait un maillot écarlate. Elle se leva.

- Rasseyez-vous, s'il vous plaît ! Je voulais vous demander combien il fallait facturer les patients.

- Le jeune garçon ne paie rien. Mrs. Lacy, cinquante cents. Mrs. Tyne, aucune charge, Miss Kerr, deux dollars. Mrs. Milton, la dame âgée, aucune charge. La plupart d'entre eux sont pauvres.

- Le docteur Leatherby est vraiment très généreux, rétorqua Dennison, pensif.

Miss Napier ne répondit rien. Bien entendu, il était plutôt juste de sa part de ne pas faire de commentaires à cette constatation mais, dans un sens, il aurait préféré qu'elle le fît. Il posa son regard sur elle : elle releva le sien, et leurs yeux se croisèrent. Ceux de l'infirmière étaient gris, merveilleusement clairs et calmes. Fixés sur lui, ils posaient un diagnostic sans équivoque. Elle l'analysait, et il le savait. Il savait qu'elle avait vu les manches élimées de sa chemise, sa cravate décolorée, ses bottes usées. Il était presque certain qu'elle connaissait les raisons de sa présence : l'échec, l'incapacité d'ouvrir son propre cabinet. Il sentit son visage s'empourprer, sans pour autant céder sous son regard, ni ciller. Il se leva, sans défiance mais avec une certaine fierté. Il n'avait à rougir de rien, elle pouvait le dévisager tant qu'elle le voulait.

- Docteur Dennison, lança-t-elle si abruptement qu'il sursauta.

- Oui ?

- Docteur Dennison, si j'étais vous, je ne resterais pas ici.

Simple et direct lui-même, il était incapable d'attribuer des desseins subtils aux autres. Il ne vit, dans les yeux gris, qu'une inquiétude honnête. Il crut donc qu'elle parlait en toute franchise et en toute bonne foi.

- Pourquoi ?
- Je ne pense pas que cet endroit vous convienne.
- Peut-être pas, en effet. Mais pour l'heure…
Elle se leva.
- J'aimerais que vous vous en alliez ! Je ne peux…
- Le déjeuner est servi, Miss ! lança le domestique depuis le seuil de la porte.

Dennison et Miss Napier étaient seuls à table, hormis le domestique qui resta pour les servir. Avec une aisance qui surprit Dennison, la demoiselle abandonna son air sérieux, presque inquiet, et lui parla comme on ne lui avait jamais parlé auparavant. Evelyne était une créature joyeuse : elle riait assez et souvent. Parfois, elle le taquinait. Mais Miss Napier était différente. Elle *le* fit parler. Cette jeune fille, par son seul sourire, éveilla dans son cœur solitaire et prudent une gentillesse nouvelle pour lui. La première fois qu'il l'avait vue, dans le soleil du matin, elle lui avait semblé rayonner, et cette impression persistait. Leur discussion prit un ton plutôt professionnel, mais elle lui fit se remémorer de curieuses expériences qu'il avait vécues. Pour la première fois de sa vie, il se sentit amusant, à tel point qu'il en oublia le conseil qu'elle lui avait donné avant le déjeuner.

- Le docteur Leatherby aimerait que vous fassiez trois visites cet après-midi, déclara-t-elle, une fois le repas terminé. À présent, Miller va vous conduire à votre chambre.

Dennison suivit le domestique jusqu'en haut de l'escalier, puis le long du corridor qui menait à l'une des petites tourelles, et ouvrit la porte. Il sentit presque un vertige en découvrant la pièce ronde, avec ses trois fenêtres qui donnaient sur le jardin, meublée avec luxe et goût, sans oublier la salle de bains attenante. Une fois Miller parti, il s'affala dans un fauteuil, près d'une fenêtre et alluma sa pipe, avec la légère sensation qu'un tapis volant l'avait transporté à cet endroit. Sur la table située à côté du lit se trouvait une carafe et un verre, un cendrier ainsi qu'une lampe aux nuances de bleu, évocatrice d'une quiétude inconnue. Il vit aussi une grande commode : un seul tiroir suffisait à contenir la totalité de ses maigres biens. La porte de l'armoire, ouverte, découvrait une série de cintres ainsi qu'une étagère basse pour les chaussures. On avait placé ses deux sacs à côté d'elle : l'un, plutôt neuf, renfermait ses instruments, l'autre abîmé et usé, contenait ses effets personnels. Incroyable de se trouver là ! Et il n'avait que faire de l'incroyable. Son esprit, alerte et obstiné, éprouvait un certain embarras.

« Je ne vois pas… cinq patients au cabinet, dont la plupart ne paient pas… Et trois visites à l'extérieur… Bien sûr, il doit avoir des moyens privés pour vivre dans une telle opulence. Mais pourquoi me rémunérer cinquante dollars la semaine ? Je ne comprends pas… »

Sa nature l'incitait à vouloir voir, à vouloir comprendre

sa position.

« Et Miss Napier... Que voulait-elle dire ? Me conseiller de partir... Pourquoi ? Elle ne pense pas que cet endroit me convienne... Mais pourquoi ? »

Il réfléchit à la question jusqu'à extinction de sa pipe, puis se lava et brossa avec soin son plus beau costume bleu ainsi que son chapeau. Il empoigna le sac neuf et descendit les escaliers. Il trouva Miller dans le vestibule.

- La voiture vous attend.
- Je ne conduis pas, répondit Dennison, d'un ton sec.
- Il y a un chauffeur, Monsieur, lança Miller.

Dennison eut l'impression qu'il ricanait. Il se retourna, d'un coup, mais ne décela aucune expression sur le visage doux, d'un certain âge, de Miller.

Miller lui ouvrit la porte. Un chauffeur en livrée l'attendait, à côté d'une très petite voiture.

« Il me faut une paire de gants décente, ainsi qu'un nouveau chapeau. En fait, je dois refaire ma garde-robe. »

Assis dans l'élégante petite voiture, il ne respirait pas la joie de vivre. Ils s'arrêtèrent à la première maison : le chauffeur bondit hors du véhicule pour ouvrir la portière, et Dennison était fort conscient de son piètre habillement en sortant du véhicule.

« Est-ce donc ce qu'elle voulait dire ? Quand elle prétendait que cet endroit ne me convenait pas ? Voulait-elle sous-entendre que je n'étais pas... assez bien ? »

Non, il ne pouvait se résoudre à pareille explication.

« Ce n'est pas son genre. »

Il fit ses trois visites, et les trois patients ne cachèrent pas leur déception en l'accueillant. La dernière, d'ailleurs, se montra particulièrement désagréable.

« Quand j'appelle le docteur Leatherby, je veux le docteur Leatherby. Non pas un blanc-bec pourri de notions modernes. »

Toutefois, elle permit à Dennison d'ausculter sa gorge et, tandis qu'il s'asseyait pour rédiger une ordonnance, il sentit son regard acéré sur lui. Il la sentit scruter ses manches élimées, sa cravate décolorée, ses chaussures usées...

« Avec ma première paie, je m'achèterai une tenue décente », pensa-t-il.

Une impatience nouvelle le gagna à cette perspective. Lui, qui avait dû attendre si longtemps, travailler si dur, économiser si péniblement pour parvenir à son but, il se voyait à présent morose à l'idée de devoir attendre six jours de plus pour acquérir de nouveaux vêtements.

À son retour chez le docteur Leatherby, il vit une limousine devant la maison. Pensant qu'il s'agissait certainement d'un patient, il s'empressa de gagner le cabinet. Mais la salle d'attente était vide.

« Des visiteurs », pensa-t-il, espérant de tout son cœur qu'aucun étranger ne se joindrait à la table du repas. Du moins, pas avant qu'il n'eût de nouveaux vêtements.

Il traversa le vestibule pour rejoindre sa chambre et, au pied des escaliers, il croisa une femme qui descendait, une femme vraiment belle dans un manteau de fourrure. Elle passa devant lui sans le regarder, mais il vit sur son visage des traces de larmes.

« Ce ne sont pas mes affaires ! » se dit-il.

Il avait déjà posé son pied sur la première marche, lorsque la voix de Miss Napier retentit derrière lui. Il se tourna et l'aperçut devant la porte de la bibliothèque.

- Puis-je vous parler un instant ?

Il sentit une certaine fierté à se retourner dans sa direction et se dirigea vers elle. Mais tandis qu'il s'approchait, il vit son visage changer, se voiler.

- Le docteur Leatherby m'a priée de vous demander…

Dennison attendit calmement. Elle se tenait à côté d'un bureau massif, une main aux doigts effilés sur le bois poli, et il pensa alors qu'elle, vêtue de son uniforme austère, semblait aussi peu à sa place que lui, dans cette somptueuse pièce, devant ce décor de livres richement reliés.

- Le docteur Leatherby a pensé que vous auriez peut-être aimé toucher une semaine de salaire en avance. Il vous a signé un chèque.

Il sentit son visage s'empourprer, d'autant plus qu'elle aussi semblait mal à l'aise.

- Le voici, poursuivit-elle en détournant le regard. Mais

je me suis dit que, peut-être, vous n'en voudriez pas si vous comptiez partir.

- Pourquoi devrais-je partir ?

Elle ouvrit la bouche pour parler mais se tut, et il crut voir, dans ses yeux gris, un air de désespoir.

- Je... ne pense pas que ce poste vous convienne.

- Je vais tout de même essayer, rétorqua Dennison.

- Docteur Dennison, écoutez-moi. Un autre jeune médecin travaillait ici l'an dernier... Je... Je *sais* que cet endroit n'est pas fait pour un médecin qui débute dans le métier. Il n'y a aucun... aucun avenir ici, vous voyez...

« Vous semblez pressée de vous débarrasser de moi », pensa Dennison, et sa bouche dessina une ligne sévère.

- Ça ne change rien. Je vais essayer pendant quelque temps.

Elle prit le chèque et le lui tendit sans un mot ; il l'empocha sans un mot. Il était en colère, amèrement blessé.

« Elle aimerait probablement qu'un autre gars décroche le poste. Mais j'y suis, j'y reste. »

Il consacra la fin de l'après-midi, dans sa chambre, à la lecture d'une revue médicale. À l'approche du dîner, il se lava, brossa ses cheveux – seuls préparatifs auxquels il pouvait s'adonner – et descendit l'escalier.

Arrivé dans le vestibule, il se dirigea vers le cabinet et jeta un coup d'œil distrait à la petite salle de réception pour voir ce que faisait Miss Napier. Mais à la place de l'infirmière, il découvrit Miller, assis au bureau, en train de parler au téléphone.

- Le docteur vous recevra ce soir, à neuf heures, Monsieur. Non, Monsieur... Certainement, Monsieur... Personne d'autre, Monsieur...

Miller se leva à la vue de Dennison, avec un murmure de respect.

- Prenez-vous un rendez-vous pour moi, Miller ?
- Non, Monsieur. Pour le docteur Leatherby, Monsieur.
- Il me semblait que le docteur Leatherby était malade.
- Il est dans la bibliothèque, Monsieur.

Dennison crut déceler un ton teinté d'insolence dans la voix de Miller, mais ne pouvant s'en assurer, il tourna les talons et se dirigea vers la bibliothèque.

Il y trouva le docteur Leatherby, vêtu d'un veston de soirée, dos au feu.

- Ah ! lança-t-il, un sourire aimable aux lèvres. Je vous ai immergé *in media res*[2]. Je suis désolé de vous y avoir si peu préparé, mais j'ai un ennemi redoutable...

Et il toucha son cœur.

- Il peut se montrer capricieux. Alors, racontez-moi, comment vous en êtes-vous sorti ?

Ils dînèrent ensemble, et le repas était aussi succulent que celui de la veille, digne d'un menu de fête, pensa Dennison.

---

2. Expression latine qui signifie : « en plein cœur de l'action ».

Cette fois encore, ils prirent le café dans la bibliothèque.

- Vous ai-je dit que je reçois toujours moi-même certains de mes patients ? lança-t-il après avoir allumé un cigare.

- Non.

- Sur rendez-vous. De vieux patients, ou des personnes que l'on m'a recommandées en particulier. Je dispose d'une petite salle de consultation au premier.

- Je vois !

Mais il ne voyait pas et, surtout, il n'aimait pas.

- Du reste, je me sens bien mieux. Je m'occuperai des patients du cabinet demain matin, ainsi vous aurez la matinée de libre pour faire ce que bon vous semble. Des emplettes, par exemple.

Il fit une pause.

- Ma sœur rentre au bercail demain, ce qui implique une belle fourchette d'invités.

Il sourit à nouveau, son regard croisant celui du jeune homme avec une franche bienveillance. Il était impossible de se méprendre sur ses intentions : il avait envoyé le chèque à Dennison et lui offrait à présent l'occasion de le dépenser afin de s'offrir une meilleure tenue pour le retour de la dame de la maison. Dennison ne put que se sentir touché par la délicatesse et la générosité dont il faisait l'objet.

- Je vais me retirer à présent, déclara le docteur

Leatherby en se levant. Si je ne m'accorde pas assez de repos, il s'impose de lui-même, et non d'une manière des plus plaisantes. Bonne nuit, Dennison.

- Bonne nuit, Monsieur.

Mais il ne put oublier que Leatherby avait un rendez-vous à neuf heures et décida de jeter un coup d'œil au patient. À neuf heures, il était toujours dans la bibliothèque et, lorsque la sonnette de la porte d'entrée retentit, il observa le vestibule. Il vit Miller accueillir un homme corpulent, à la moustache grise. Il vit ensuite la silhouette tout entière et, une heure plus tard, alors que l'homme descendait l'escalier, Dennison l'observa une deuxième fois. Sur son visage, se lisait un regard inoubliable, une sorte de résolution terrible et désespérée.

« Voilà qui ne présage rien de bon ! » pensa Dennison.

Chapitre trois

Le point de vue du Docteur Leatherby

Dennison monta dans sa chambre, alluma sa pipe et s'assit pour réfléchir. Deux éléments contradictoires le dérangeaient. Tout d'abord, son instinct le poussait à se mêler de ses seules affaires. Si Leatherby choisissait de voir ses patients d'une façon si peu orthodoxe, s'il choisissait de rémunérer excessivement son assistant pour son travail, c'était son problème. Il n'avait pas demandé à Dennison de commettre quoi que ce fût d'illégal ou de douteux. Le jeune médecin avait une tâche légitime et utile à accomplir : voilà ce qui le regardait.

D'un autre côté, l'instinct de savoir, de comprendre, exerçait sur lui un pouvoir tout aussi grand. Il considérait comme une faiblesse, voire un déshonneur, de poursuivre aveuglément dans son travail. Si quelque chose ne tournait pas rond, il devait le savoir.

« La femme… Elle pleurait. Et cet homme, ce soir… Il semblait bizarre. Vraiment bizarre… Pourquoi viennent-ils voir le docteur ? Des médicaments ? » pensa-t-il.

Or, il ne pouvait y croire. Plus il côtoyait Leatherby, plus il respectait sa dignité, sa générosité, son savoir. Même en ce jour, il avait vu à quel point les patients de Leatherby avaient confiance en leur médecin et combien ils l'aimaient. De plus, lorsqu'ils avaient abordé différents cas pendant le dîner, Dennison avait reçu de Leatherby des conseils qu'il n'oublierait jamais, tant ils exprimaient une sagesse, une humanité saines et déterminées.

« Non, pensa Dennison. J'ai tendance à me montrer trop méfiant, trop prudent. Evelyne me l'a déjà répété. Si je tombe sur quelque chose de louche, je pourrai toujours démissionner. Inutile de chercher les ennuis. Leatherby n'est de toute façon pas du genre à être mêlé à quoi que ce soit de contraire à notre éthique. »

Puis ses pensées revinrent tout naturellement à Evelyne. Il prit un petit portrait dans sa poche et le contempla. Quel joli visage, quel sourire si gai, si innocent ! Elle le regardait, depuis le cliché, comme dans la réalité, sans avoir conscience de toutes ces exigences qui requéraient, de son côté, patience, énergie, protection contre la brutalité de la vie. Il comptait bien les satisfaire, ces exigences. Il prendrait soin d'elle. Il économiserait de l'argent, fonderait pour elle un foyer où son innocence et sa gaieté seraient à l'abri, derrière des rideaux à volants.

Il se sentait l'obstination, la force et le courage d'y parvenir même si, parfois, une grande peur s'emparait de lui. Pour elle, il déplacerait des montagnes, mais il y en avait tant qu'un être humain ne pourrait jamais réussir, même par amour. Il se souvint de la pâleur, du désarroi d'Evie lorsque son chien s'était cassé la patte. Comment lui, Dennison, pouvait-il, de ses seules mains, de son cerveau d'humain faillible, de son cœur d'humain lamentablement faillible, la protéger contre tout le malheur et tous les soucis du monde ?

Il se redressa et vida sa pipe.

« Je ferai de mon mieux. Pauvre petite Evie ! Je ferai de mon mieux. »

Il alla se coucher et, après une bonne nuit de sommeil, ouvrit les yeux sur une belle journée ensoleillée. Les réflexions qui l'avaient tant troublé la veille se présentaient sous un jour nouveau. Il prit une douche froide, dans sa jolie petite salle de bains, se rasa, s'habilla puis descendit l'escalier non pas d'une humeur joyeuse, car il ne savait pas être joyeux, mais d'une humeur énergique et décidée, ce qui lui suffisait. La première chose qu'il aperçut en entrant dans la salle à manger fut la tête blonde de Miss Napier, penchée sur son assiette.

Il se retrouvait seul avec elle. Quelle situation embarrassante ! Elle avait voulu se débarrasser de lui, et il avait refusé d'écouter son avertissement. Elle allait probablement l'ignorer à présent. Bien qu'il se sentît désolé, vraiment désolé, il était prêt à affronter la situation. Il avait passé son enfance avec une tante pour qui il ne représentait que responsabilités et devoirs, lui qui n'avait connu que tristesse et solitude. Tout ce qu'il possédait, il avait dû se battre pour l'obtenir, sans jamais attendre de reconnaissance. Il éprouva un pincement au cœur à la vue de la tête blonde, en souvenir de sa sympathie éphémère, mais il ne lui vint jamais à l'esprit qu'il aurait pu l'amadouer. Il ne tenta même pas de lui adresser la parole.

- Bonjour, lui lança-t-elle en relevant les yeux.

La chaleur et le sourire radieux de l'infirmière, comme si de rien n'était, éblouirent Dennison.

- Bonjour, répondit-il, sans plus, en s'asseyant à l'autre extrémité de la table.

- La journée n'est-elle pas magnifique ? « Avril aux éclatantes couleurs, paré de tous ses atours, anime toute chose d'un tel esprit de jeunesse. »[3] Même une infirmière qualifiée !

Il ne sut absolument pas quoi répondre. Citer un poème lui aussi ? Pourtant, il mourait d'envie de lui répondre. Quelque chose dans sa gaieté le touchait.

- Oui, le temps est splendide.

- Et vous avez congé ce matin. Irez-vous en ville ?

---

3. Tiré du sonnet 98 de William Shakespeare.

- C'est ce que je compte faire.

- Me rendriez-vous un service ?

- D'accord, répondit-il sur ce ton presque brutal qui le caractérisait.

- J'ai besoin d'une autre pelote de laine. Ils n'ont pas la bonne couleur ici. Serait-ce trop vous demander ?

- Non, je m'en occupe.

Elle lui donna un morceau de laine à comparer, qu'il rangea avec soin dans sa poche de poitrine. Il n'aurait pas su dire pourquoi, mais il se sentait ravi.

Puis il discuta un instant avec le docteur Leatherby avant de partir.

- Ne vous pressez pas. Je me sens en forme aujourd'hui, lui confia Leatherby.

- Merci.

Les sensations qu'il éprouvait ce matin-là lui étaient peu familières : il aurait pu siffler en traversant la petite ville en direction de la gare. Il lui sembla n'avoir encore jamais connu de journée aussi douce et aussi gaie, jamais ressenti autant de confiance, autant d'espoir dans son cœur. Il ne voyait même aucun inconvénient à l'idée de dépenser la totalité de son chèque, son salaire versé en avance. Dans le train, il rédigea une petite liste de courses : deux paires de chaussures, dont l'une en cuir verni, quatre chemises, un veston de soirée avec pantalon et chemise assortis, six paires de chaussettes et un nouveau chapeau. Il savait très bien où acquérir ces articles à bas prix – sa liste n'avait donc rien d'exagéré.

Il n'avait pas souvenir d'une aussi belle journée. Il effectua ses achats avec attention et grand soin et les fourra soigneusement dans le sac qu'il avait apporté. Ensuite, il s'occupa de la laine de Miss Napier. Il se souvint l'avoir vue tricoter quelque chose d'écarlate qui lui plaisait. Il fut donc étrangement ravi de sortir le morceau de laine qu'elle lui avait donné pour le comparer aux pelotes.

Il déjeuna de *graham crackers* et de lait, avec l'agréable certitude qu'il prendrait un bon repas le soir. Ensuite, il attrapa un train le ramenant à Shayne, après s'être acheté le journal de l'après-midi pour agrémenter son voyage.

Sur la première page, il découvrit la photographie d'un visage étrangement familier. Il fronça les sourcils, essaya de se souvenir où il avait déjà vu cet homme corpulent à la moustache grise.

« Mort soudaine d'un célèbre banquier. Lucian F. Manley retrouvé sans vie dans sa chambre d'hôtel. »

Il se souvint du patient qu'il avait vu hier soir.

« À huit heures, ce matin, alarmés par l'absence de réponse à leurs nombreux appels téléphoniques, les membres du personnel de l'hôtel *Ferris* sont entrés dans la chambre de Mr Manley et l'ont trouvé mort dans son lit.

« Les médecins attribuent les causes du décès à une crise cardiaque due au surmenage. Mr Manley était probablement mort depuis neuf heures déjà quand on l'a retrouvé.

« Il n'a pas été possible de joindre Mrs. Manley et Miss Sylvia Manley ce matin, à leur domicile d'Asheville, en Caroline du Nord. Mrs. Manley avait récemment obtenu le divorce et la garde de leur seule enfant. Le défunt était réputé dans les milieux bancaire et financier… »

L'article continuait, mais il ne contenait rien d'étrange, ni de surprenant. Pourtant, Dennison se sentit étrangement troublé.

« Mort depuis neuf heures… » pensa-t-il. « Je l'ai vu vers vingt-deux heures… Il a dû mourir dès son retour à l'hôtel. »

Il ne parvenait pas à oublier le regard de l'homme, ce regard empreint d'une amère et terrible résolution. Comme s'il avait su.

Son humeur inhabituellement joyeuse l'abandonna tout d'un coup. Lorsqu'il arriva à la maison, ses traits avaient retrouvé leur sérieux coutumier, et son regard, son austérité. La méfiance et le malaise éprouvés plus tôt l'assaillirent derechef. Miller lui ouvrit la porte.

- Le docteur prend le thé dans la bibliothèque, Monsieur.

Dennison hésita. Attendait-il qu'il le rejoignît ? Jamais, de toute sa vie, il n'avait pris le thé l'après-midi, et l'envie ne le dévorait pas plus aujourd'hui.

Une sotte pensée lui vint à l'esprit : s'il ne se rendait pas dans la bibliothèque, Miller le considérerait sans doute comme une personne peu habituée à ces rituels. Même s'il savait qu'il ne devait pas tenir compte, pour l'heure, de ce que Miller pensait, ce fut plus fort que lui. Il posa son sac et gagna la bibliothèque.

Il le regretta d'emblée, car le docteur Leatherby n'était pas seul. Miss Napier était là, ainsi qu'une autre dame froide, dédaigneuse et sombre, assise derrière la table du thé.

- Ah, Dennison ! s'exclama Leatherby en relevant les yeux. Vous rentrez tôt, juste à temps pour une tasse de thé. Rose, voici mon assistant, le docteur Dennison. Dennison, je vous présente ma sœur, Mrs. Lewis.

Dennison s'inclina, raide, et Mrs. Lewis l'examina à loisir.

- Prendrez-vous une tasse de thé, Docteur Dennison ? lui demanda-t-elle de la voix la plus pure qu'il eût jamais entendue.

- Oui, merci.

Cette femme provoqua d'emblée une réaction en lui. Son examen paisible, sa voix, son arrogance indéfinissable le blessèrent. Mais ses manières lui conféraient une curieuse aisance, une sorte d'élégance, dans ses gestes et son attitude, comparable à celle d'un Puritain qui, provoqué, reprendrait ses manières de Cavalier[4]. Il s'assit, accepta une cigarette et l'alluma. Il se montra presque charmant.

- Nous venons de recevoir une triste nouvelle, lança le docteur Leatherby. Mon vieil ami, Manley... vous l'avez peut-être vu ici, hier soir ?

- Oui. J'ai reconnu sa photo dans le journal...

- Le journal ? l'interrompit Leatherby. Je ne savais pas que... Nous avons eu le message par téléphone... Que disait l'article, Dennison ?

- Je l'ai apporté, Monsieur. Je vais vous montrer.

Il se leva, ramassa le journal, posé sur la table de l'entrée, et regarda Miss Napier en revenant dans la bibliothèque. Les yeux gris fixèrent les siens, son sourire l'accueillit d'une manière telle qu'il se sentit à la maison : il était de retour chez lui, auprès de ses amis.

Leatherby saisit le journal et lut l'article à voix haute.

- Crise cardiaque ! s'exclama Mrs. Lewis.

Dennison jeta un regard furtif dans sa direction et découvrit, sur son visage, un sourire froid, plein de regrets.

- C'est une façon de voir les choses, poursuivit-elle. Je suppose que son cœur a bel et bien fait une crise. Pauvre Lucian ! C'en était trop pour lui.

- Ma chère Rose ! protesta son frère. Les docteurs...

---

4. Pendant la première Révolution anglaise, les Puritains, ou Parlementaires, s'opposèrent aux Cavaliers, les Royalistes, soit le bas peuple contre les partisans plus sophistiqués de la Monarchie.

- Non ! C'est un peu trop à propos !
- Rose ! répéta-t-il, plus fort qu'il en avait l'habitude.
- Les choses ne se passent pas ainsi, ajouta-t-elle. Les gens ne meurent pas tout simplement, au moment précis où ils le souhaitent. Ils doivent s'accrocher, s'accrocher encore, continuer et attendre leur heure, même s'ils croient que le moment de partir est déjà arrivé.

La douleur dans sa voix surprit Dennison. Il les balaya du regard, elle et son frère, déconcerté de voir que Leatherby le regardait.

Il détourna les yeux d'un coup et lança à sa sœur :
- Il y aura une enquête. Si cette affaire cache quelque chose de louche, la police le découvrira... Et suppose que ce soit bien le cas ? Sa femme l'a quitté et a retourné leur unique enfant contre lui. Imagine sa solitude et sa douleur. S'il avait... ouvert la porte pour quitter ce monde ? Il laisse derrière lui une grosse somme d'argent. Personne ne souffrirait de son départ. Lui jettes-tu la pierre, Rose ?

Elle venait d'allumer une cigarette et se cala dans son siège.

- Ce n'est pas à moi de juger, Charles, rétorqua-t-elle avec nonchalance.

Puis, se tournant vers Dennison, Leatherby l'interrogea :

- Jetteriez-vous la pierre à un homme dans sa situation, Dennison ? Un homme qui n'a plus rien à perdre ?

- À mon avis, ce n'est sans doute pas la bonne chose à faire.

Une fois de plus, Leatherby le regarda.

- Vous pensez qu'il faut préserver la vie, même si elle n'en vaut plus la peine ? Si elle n'est que fardeau et tourment ?

- Se débarrasser d'un fardeau, Monsieur, ce n'est pas juste. C'est de la lâcheté.

- Peut-être n'avez-vous, dans votre vie, jamais eu de fardeau trop lourd à porter, lui répondit Leatherby, presque avec douceur. Peut-être penseriez-vous différemment si vous voyiez un de vos proches souffrir, sans espoir de salut.

- Si c'était... commença Dennison, avant de s'interrompre, en pensant à Evelyne. Si c'était la personne que j'aime le plus au monde, je tiendrais le même discours.

- C'est-à-dire, prolonger la vie à tout prix ?

- À tout prix, Monsieur.

Il fit un effort pour expliquer son point de vue :

- Pour commencer, Monsieur, vous ne pouvez pas être certain qu'il n'y a plus rien à attendre. La roue tourne... Je... Tant qu'il y a de la vie, il y a de l'espoir.

Il s'agissait-là d'une de ces remarques tout à fait banales qui aurait fait sourire n'importe quel homme de l'intelligence de Leatherby. Mais il ne sourit pas. Il se leva et, en passant près de Dennison, posa la main sur l'épaule du jeune homme.

- Vous avez une bonne nature... déclara-t-il à mi-voix, avant de quitter la pièce.

Dennison en resta confus et embarrassé, persuadé que Mrs. Lewis riait de lui. Il suspecta que Miss Napier aussi s'amusait de la situation, même si c'était bon enfant. Très bien, qu'elles rient ! Quand on lui posait une question, il y répondait et exprimait le fond de sa pensée.

- Une autre tasse de thé, docteur Dennison ? demanda Mrs. Lewis.

- Non, merci , répondit-il en s'obligeant à la regarder droit dans les yeux.

Mais il ne trouva aucune trace de mépris dans le beau regard de la dame. Elle paraissait seulement malheureuse et fatiguée.

Il prit alors conscience qu'il ne comprenait rien à ces gens, qu'il parlait et avançait dans le noir, qu'il répondait aux questions sans même savoir ce qu'elles voulaient dire. Quelque chose ne tournait pas rond, il l'avait su dès son arrivée.

Il devait réfléchir à tous ces événements. Après une révérence guindée, il se retira dans sa chambre.

« Si Leatherby pense qu'il vaut mieux éviter la souffrance, il est tout naturel qu'il ne voie rien de mal à faire tout son possible pour soulager les gens. N'importe quoi, même. C'est étrange... C'est *vraiment* étrange : la façon dont il voit ses patients, sur rendez-vous, dans son cabinet privé. »

Si Leatherby prescrivait des médicaments dangereux à ses patients, peu importe l'humanité de son dessein, la logique de ses motifs, Dennison ne serait pas son assistant.

Ses yeux se posèrent sur le sac que Miller avait déposé dans sa chambre.

« J'ai dépensé cet argent. Bien sûr, je pourrais le rembourser avec mes économies à la banque, en vendant mes livres de médecine et ma montre, et d'autres choses encore... Loin de moi l'envie de faire l'idiot ! Je ne veux pas, sans certitude, tirer une croix sur un bon travail... Non ! Je dois découvrir le fin mot de l'histoire ! »

Comment ? L'idée l'inquiétait terriblement. Il sortit sa pipe pour l'allumer lorsque l'on frappa à sa porte. Il l'ouvrit d'un geste rapide et se retrouva nez à nez avec Miss Napier, en tenue de ville.

- Je suis venue chercher ma laine. Mais peut-être...

- Je l'ai, répondit Dennison en sortant le petit paquet de sa poche. Et c'est la bonne couleur !

- Oh, merci ! C'est tellement gentil à vous !

- Un instant, s'il vous plaît. Vous sortez ?

- Je rentre chez moi. Je vis en ville, vous savez.

- Est-ce que je peux vous parler un instant ? Je pensais justement à vous... Vous m'avez conseillé deux fois de quitter les lieux. J'aimerais savoir pourquoi.

Elle ne répondit pas, et il vit une ombre voiler son visage.

- Miss Napier, y a-t-il un problème avec le docteur Leatherby ?

Elle entra dans la chambre et ferma la porte derrière elle. Elle se tenait dans le cercle lumineux que projetait la lampe du bureau, et ses cheveux, sous le chapeau noir, rappelaient un nuage brillant qui auréolait sa tête. Elle semblait différente à présent, sans son uniforme : plus jeune, plus menue et plus douce – en bref, plus mignonne.

- Docteur Dennison, je dois vous dire… Le docteur Leatherby est un saint pour moi. Il est la personne la plus gentille et la plus généreuse que je connaisse. Il a sauvé ma mère quand elle était très malade. Il lui a offert dix années de joies qu'elle n'aurait pas vécues sans lui. Je pense qu'il a également sauvé mon père en l'aidant avec ses affreux problèmes d'argent. Il n'y a rien que je ne ferais pour le docteur Leatherby.

Un curieux frisson parcourut l'échine de Dennison. En plongeant ses yeux dans ceux de la jeune femme, il décela quelque chose qui allait au-delà de sa compréhension, quelque chose de transparent, bien qu'insondable.

- Miss Napier, me conseillez-vous toujours de partir ?
- Oui.

Elle ouvrit la porte et sortit.

Chapitre quatre

Arrivée de Mr Folyet

Dennison revêtit son veston de soirée, une première pour lui, et descendit au rez-de-chaussée. Le mois d'avril capricieux se terminait sur de la pluie, une légère bruine rappelant des larmes de fatigue après un fou rire trop grand, après une journée qui avait trop bien commencé.

C'est du moins de cette façon qu'il considérait son propre cœur, lourd. Il avait l'impression que la joie n'y avait plus sa place. Son éducation austère le lui avait appris : la punition ne tarderait pas. Il était heureux ce matin ; la joie l'avait à présent quitté. Il adoptait l'attitude juste et appropriée.

Elle avait acquiescé quand il lui avait demandé si elle lui conseillait toujours de partir.

Eh bien, il n'avait pas l'intention de suivre son conseil, ni celui de personne d'autre, d'ailleurs. Son moral de fer avait l'habitude d'ignorer les avis autour de lui.

Eh bien, il n'avait pas l'intention de suivre son conseil, ni celui de personne d'autre, d'ailleurs. Son moral de fer avait l'habitude d'ignorer les avis autour de lui.

« Je ne vais pas abandonner un bon travail sans raison. Mais je dois découvrir le fin mot de l'histoire. Et si je tombe sur un problème… »

Toutefois, il réfléchit. Il était, sans aucun doute, mieux hébergé, mieux nourri et mieux servi qu'il ne l'avait jamais été. Il acquérait chaque jour de l'assurance et de l'expérience. Pour la première fois de sa vie, il entrevoyait la possibilité de se libérer des soucis financiers, une opportunité d'économiser de l'argent pour son mariage. S'il partait d'ici, il devrait renoncer à tout cela, même au prix d'un grand effort.

La salle à manger n'avait jamais été aussi belle : des jonquilles décoraient la table – et d'autres petits détails l'embellissaient encore. Il devinait l'intervention de Mrs. Lewis. Elle aussi était plus que charmante, dans sa robe noire décolletée, les cheveux relevés en un magnifique chignon. Elle lui sourit avec une sorte d'affabilité fatiguée. Son air de dédain avait complètement disparu à présent : elle lui parut seulement lasse et préoccupée.

Elle parlait, comme si c'était son devoir, et Leatherby répondait – une conversation sans chaleur ni but que Dennison était incapable de partager. Il pouvait répondre aux questions ou les poser. Il pouvait, si on le lui demandait, donner un compte rendu clair et succinct sur un dossier, sur un événement qu'il avait vécu. Mais les simples bavardages, ce n'était pas son fort.

Il ne comprenait pas Mrs. Lewis. De temps à autre, il la regardait et, parfois, ses yeux froids s'arrêtaient sur le visage de Dennison l'espace d'un instant, sans le reconnaître. C'était une belle femme, et jeune. Il lui donnait vingt ans de moins que son frère. De plus, elle était une hôtesse courtoise. Mais quelque chose en elle perturbait Dennison. Elle le faisait se sentir insignifiant, une ombre éphémère dans la maison.

- L'enquête doit avoir lieu demain après-midi, déclara Leatherby, interrompant ainsi un long silence. Je suis appelé à comparaître. Je suis une des dernières personnes à avoir vu Manley vivant.

Sa sœur le regarda.

- Devront-ils évoquer les problèmes de ce pauvre Lucian, Charles ?

- C'est peu probable. Si les médecins s'accordent sur la crise cardiaque, l'affaire sera bouclée.

- Avait-il de sérieux problèmes de cœur, Charles ?

- Je ne sais pas, répondit Leatherby avec un soupir. Il n'est pas venu me voir en tant que patient, mais comme ami… Il avait apporté une lettre qu'il voulait me montrer, une lettre de sa fille. Si cruelle et si impitoyable. Elle lui reprochait la manière dont il s'était comporté avec sa mère, une conduite dont elle ne savait rien. Elle terminait en lui disant qu'il ne la reverrait jamais.

Un long silence suivit une fois de plus. Pendant tout ce temps, Dennison espéra que Mrs. Lewis allait parler ; il l'observait, mal à l'aise, attendant des paroles qu'il ne pouvait imaginer.

Elles ne vinrent jamais. Le dîner terminé, elle se leva, et Dennison se leva à son tour. Leatherby venait de repousser sa chaise lorsque Miller apparut dans l'embrasure de la porte.

- Mr Folyet, Monsieur.

Un silence olympien s'installa. On aurait dit que Miller avait lancé un sort qui avait pétrifié sur place le docteur et sa sœur. L'homme attendit, aussi calmement que ses employeurs, et Dennison les observa, essaya de comprendre…

- Dois-je lui dire, Monsieur… ? commença Miller.

Leatherby leva la main.

- Attendez !

Il se retourna vers sa sœur. Que trahissait son regard ? Le reproche, l'avertissement ou l'inquiétude ?

- Charles, cria-t-elle. Tu sais que je n'ai pas…

- Ma douce, bien sûr ! lança son frère, reprenant ses manières dignes et bienveillantes. Conduisez-le à la bibliothèque, Miller. Folyet était votre prédécesseur, Dennison. Il m'assistait ici, il y a un an.

Dennison sentit une vive curiosité le piquer à la perspective de découvrir cet homme qui occupait son poste et l'avait quitté. Mrs. Lewis gagna l'entrée, devant eux tous, d'un pas rapide et léger : elle se hâtait. Or, quand elle eut atteint la porte ouverte de la bibliothèque, elle s'arrêta, et Dennison, qui la talonnait, regarda par-dessus son épaule.

Son regard croisa directement celui d'un homme qui se tenait à l'endroit favori de Leatherby, devant la cheminée, le dos au feu. C'était un jeune homme mince, presque maigre, aux traits clairs et délicats, le teint olivâtre, avec une petite moustache sombre. Aux yeux de Dennison, il dégageait dans l'ensemble un air trop charmant, théâtral et précieux.

Mrs. Lewis recula dans l'entrée, et son frère pénétra dans la pièce.

- Ah, Docteur Folyet !

- Je ne suis plus docteur, répondit le jeune homme en souriant. J'ai quitté la profession.

- Elle a ses inconvénients, c'est certain. Mais mieux vaut ne pas en découdre devant Dennison. Il vient de commencer, inutile de le décourager, n'est-ce pas ?

Il fit les présentations : les deux jeunes gens s'inclinèrent sans se serrer la main, puis tout le monde s'assit. Au même moment, Miller entra avec le café. Il avait apporté quatre tasses, mais Mrs. Lewis n'était toujours pas revenue.

- Et que faites-vous à présent, Folyet ?

- Je fais un tour d'horizon, répondit Folyet avec entrain.

Ses yeux noirs, pourtant, n'avaient rien d'entraînant.

- Ne vous êtes-vous pas encore décidé ?

- Non. Pas pour l'instant. C'est difficile... s'interrompit-il. De se décider.

Une fois encore, Dennison avait la conviction qu'il assistait à une conversation dont il n'avait pas la clé. Il se cala dans un siège, fuma et regarda les deux autres hommes comme il aurait regardé des escrimeurs, sans savoir s'il assistait à une épreuve de capacités ou si l'on avait retiré leurs boutons aux fleurets.

Folyet alluma une nouvelle cigarette.

- J'ai appris dans le journal, ce matin, le malheureux décès de Mr Manley, lança-t-il à Leatherby, avant de s'interrompre, un sourire sur les lèvres mais les yeux tristes. Et me voilà...

Il s'interrompit à nouveau pour tirer sur sa cigarette.

- Je suis venu vous présenter mes condoléances.

- Quelle aimable attention de votre part !

- Oh, non, pas du tout ! C'est que le cas m'intéresse.

- Le cas ? répéta Leatherby, avec une expression de douce surprise. Manley vous a-t-il consulté personnellement ?

- Non. Je m'intéresse tout simplement à ces cas de crises cardiaques.

- Ah ! Je vois que nous n'avez pas complètement renoncé à la profession Folyet ! En fait, je vous trouve toujours égal à vous-même.

Ce coup n'avait rien d'une parade d'escrimeur. C'était du sérieux. Mais Dennison ne les suivait pas. Il voyait une vague solution devant lui, une piste, un indice pour résoudre cette histoire, mais ne parvenait pas à les saisir.

- Ce n'est pas exactement par intérêt professionnel. Une simple curiosité, voilà tout.

- Très intéressant, murmura Leatherby, se souriant à lui-même. Vivez-vous à New York à présent, Folyet ?

- J'ai pensé m'installer quelque temps à Shayne, à vrai dire. Je suis resté ici si longtemps, à vos côtés... Je me suis plutôt attaché à cet endroit. Je suis descendu au *Eagle House*.

- Si vous comptez rester à Shayne, installez-vous donc ici avec nous, Folyet.

Les deux hommes se regardèrent ; un large sourire se dessinait sur chacun de leurs visages. Dennison, lui, avait parfaitement conscience que l'offre de Leatherby relevait plutôt du défi.

- C'est aimable à vous. Mais je ne voudrais pas vous déranger.

- Vous ne dérangez pas le moins du monde, Folyet. En fait, je serais heureux de vous avoir ici.

- Eh bien, dans ce cas...

Le docteur Leatherby agita la clochette, et Miller apparut rapidement.

- Miller, veuillez envoyer Ames au *Eagle House* récupérer les bagages de Mr Folyet. Et, Miller…

- Monsieur ?

- Faites savoir à Mrs. Lewis que Mr Folyet restera ici quelque temps.

Miller le regarda, immobile.

- Miller !

- Veuillez m'excuser, Monsieur, déclara-t-il à la hâte.

Puis il se dirigea vers la porte.

- Juste un instant, lança Folyet. Si le chauffeur s'en va chercher mes affaires, je peux l'accompagner ? Pour régler ma note à l'hôtel, entre autres.

- Bien entendu ! Miller, faites-nous savoir quand la voiture sera là.

Le silence s'installa parmi les trois hommes après le départ de Miller. Dennison, toujours entêté, ruminait sans relâche, essayant de comprendre, de voir à travers un brouillard toujours plus épais. Quelque chose ne tournait pas rond… Pas rond du tout… Qu'est-ce que Folyet insinuait ? De plus, son arrivée avait consterné Leatherby comme sa sœur – et le mot était faible…

Dennison scruta le visage bon et serein de Leatherby. « Non ! Non ! Je ne crois pas… Je ne peux pas croire… » pensa-t-il.

Croire quoi ? Il n'aurait pu le dire : seulement, le brouillard autour de lui s'épaississait, dégageant des miasmes de méfiance et de peur. Il sentit qu'il s'y perdait. Il ne voyait ni familiarité ni honnêteté dans leurs visages. Aucune lueur amicale ne brillait nulle part.

- La voiture est là, Monsieur.

Folyet se leva et quitta la pièce. Il réapparut un peu plus tard sur le seuil de la porte, plus théâtral que jamais, son chapeau souple enfoncé jusqu'au front, et le col de son pardessus, relevé.

- Quelque course à faire en ville pour l'un d'entre vous ?

- Pas pour moi, merci, répondit Leatherby.

Un instant plus tard, la porte d'entrée se referma.

« Qu'il dise quelque chose à présent... Qu'il donne quelque explication », pensa Dennison.

Mais Leatherby se tut. Il se cala dans son fauteuil, fuma un cigare avec, sur son visage, une expression teintée d'ironie, de mélancolie. Dennison ne pouvait supporter cette situation plus longtemps. Il voulait, il devait avoir une discussion simple et directe.

- Ce Folyet, Monsieur... est-il... ?

- Stop ! le coupa Leatherby et se leva, comme pour écouter.

Puis Dennison entendit lui aussi. Des pas dévalaient les escaliers. Rien d'alarmant, pourtant : n'importe qui aurait pu dévaler les escaliers – Mrs. Lewis, un domestique. Des pas pressés n'impliquaient pas forcément la panique…

Leatherby se leva et quitta la pièce. Dennison se leva à son tour. Il avait son compte. Il voulait remonter dans sa chambre, s'enfermer avec sa pipe et essayer de comprendre. Mais debout, de là où il se tenait, il pouvait entendre, même s'il ne voyait pas le vestibule.

- Charles, Charles ! Que fais-tu ?

Dennison reconnut la voix singulièrement claire de Mrs. Lewis, grave et chevrotante à présent.

- Je ne fais rien du tout, ma chère, répondit son frère avec douceur. Tu es…

- Charles, tu ne peux pas laisser Jeff Folyet s'installer ici ! Charles, ne vois-tu pas, ne réalises-tu pas ? Il est ton ennemi, Charles !

- Ma chère, je n'ai pas peur de Folyet.

- Moi si ! J'ai peur.

- Mais certainement qu'il…

- Je ne comprends pas. Je ne veux pas comprendre. Je *ne veux pas savoir*. Il est là pour te nuire, Charles. Il fait tout pour te nuire.

- Il ne peut rien contre moi, déclara Leatherby, calme. Tu es sur les nerfs, ma chère. Il s'est montré déplaisant l'an dernier, c'est certain, mais il est facile d'oublier un tel comportement. En fait, la difficulté, pour moi, est plutôt de garder les vieilles querelles au chaud. Laissons-le rester ici s'il en a envie.

- Charles, renvoie-le, je t'en supplie ! Il va te nuire, Charles ! Je le sais !

- Rose, lança Leatherby, de sa voix calme et égale. Il ne peut pas me nuire. Viens, ma chère, tu es fatiguée, tu as les nerfs à fleur de peau...

- Ce n'est pas ça, lança-t-elle dans un sanglot. J'ai peur !

- Viens à l'étage, et je te donnerai un nouveau livre à lire. Quelque chose d'intéressant. Allez, viens !

Dennison entendit leurs pas dans les escaliers, puis une porte se referma à l'étage.

« Qu'est-ce que ça veut dire ? Je ne vois pas... » se demanda-t-il, désespéré.

Il devait essayer de comprendre. Par réflexe, il chercha sa pipe dans sa poche, mais il avait bien entendu oublié de la mettre dans son nouveau veston de soirée. Il prit une autre cigarette dans la boîte posée sur la table et se rassit.

« Ce type, Folyet... Que manigance-t-il ? Est-ce qu'il insinue que Leatherby en sait plus sur la mort de Manley qu'il ne veut l'admettre ? Quelles cartes a-t-il en main ? Mrs. Lewis prétend avoir peur de lui... Je ne vois pas... Je pense que je vais l'attendre ici et lui en toucher un mot à son retour. »

Lorsqu'il vivait dans son cottage, il avait pris l'habitude d'aller se coucher tôt. Il commençait donc à somnoler. Une fois sa cigarette terminée, il s'assit et, à moitié endormi, regarda la cheminée. Il pouvait bien s'assoupir, le moindre son le réveillait toujours. Il entendrait donc Folyet rentrer.

« Bien sûr, je ne peux pas le forcer à parler, se dit-il. Mais peut-être qu'il en aura envie. J'aurais aimé être plus... diplomate, comme on dit. »

Les flammes jaillissaient, rouges et splendides. Un jour, il aurait sa propre cheminée, son âtre à lui, qu'il retrouverait à la fin de la journée. Il ne serait plus seul. Un jour...

Le son d'un pas léger derrière lui le réveilla en sursaut. C'était Miller, qui débarrassait le service à café. Dennison jeta un coup d'œil à sa montre, surpris de constater qu'il était près de onze heures.

- Mr Folyet est rentré ?
- Il a fait dire qu'il ne reviendrait pas, Monsieur. Voulez-vous que je ferme la fenêtre, Monsieur ?
- Oui, répondit Dennison, absent.

Puis il se leva.

« C'est étrange. Il ne revient pas... Bon, ce ne sont pas mes affaires. »

Il souhaita bonne nuit à Miller et gravit les escaliers. Lorsqu'il eut atteint le couloir tamisé de l'étage, une porte s'ouvrit.

- Jeff... ? demanda une voix basse qu'il reconnut.
- C'est moi, Dennison, Mrs. Lewis.
- Oh ! Je pensais... Mr Folyet est-il revenu ?

- Miller dit qu'il ne reviendra pas, répondit Dennison.

Il aurait bien voulu passer son chemin, mais elle sortit sur le palier et déposa une main sur son bras.

- Docteur Dennison, murmura-t-elle. Oh, dites-moi s'il vous plaît... Que s'est-il passé ?

- Passé ? répéta-t-il, surpris. Je ne...

- S'il vous plaît, s'il vous plaît, dites-moi la vérité ! Y a-t-il eu... un accident ?

- Pas que je sache, répondit-il, la regardant, inquiet. Qu'est-ce qui vous fait penser ça ? D'après Miller, il a simplement fait savoir qu'il ne reviendrait pas.

Elle tentait visiblement de contrôler son agitation, de sourire.

- C'était... juste une idée stupide. Je... Je pense que j'ai rêvé. Tout va bien. Naturellement ! C'est vraiment idiot de ma part... Mais on entend tellement parler d'accidents de voiture. Bonne nuit ! Et oubliez tout ça, voulez-vous ? Vous... Vous n'en parlerez pas ?

- Non, Mrs. Lewis. Bonne nuit !

Il n'en parla pas, mais il n'oublia pas pour autant.

Chapitre cinq

Une lettre pour Dennison

Dennison se réveilla tôt sur une nouvelle journée ensoleillée. Il avait dormi d'un sommeil long et profond. Il était reposé, il était jeune, vigoureux, et le soleil brillait. Mais dès qu'il eut ouvert les yeux, cette étrange sensation d'oppression et d'inquiétude le gagna aussitôt.

Son premier réflexe fut de sauter du lit, mais il se retint. Les événements s'étaient enchaînés si vite qu'il n'avait pas pu réfléchir à la situation. À présent, il disposait d'une heure de tranquillité et il comptait bien s'en servir. Les mains croisées derrière la tête, les yeux tournés vers le ciel bleu, il raisonna.

« Je suis peut-être juste idiot, et il n'y a rien qui cloche ici, rien du tout. »

Il voulait y croire, bannir toute inquiétude, cette curieuse impression de menace. Mais il était bien trop honnête pour se laisser tenter.

« Voyons voir. Une chose après l'autre. D'abord, Miss Napier me conseille de partir. Eh bien, grands dieux ! Inutile de chercher midi à quatorze heures ! Elle aurait pu avoir des dizaines de bonnes raisons. Peut-être pensait-elle simplement que je n'étais pas la bonne personne pour ce poste. De toute façon, ma présence ne semble pas la déranger. Elle... »

Ses pensées le ramenèrent à Miss Napier, à son sourire. Il s'en souvenait très bien.

« C'est sans importance. Ensuite, il y a ces patients que Leatherby voit à l'étage.

« Eh bien, quoi ? Ils viennent sans se cacher. Et lui ne fait aucun mystère de ces visites. Aucune raison, donc, de s'inquiéter à ce sujet. Il est connu et respecté au village. Il n'est pas du genre à tenir un cabinet en sous-main. Toutes les tâches qu'il m'a confiées sont parfaitement transparentes et légales.

« Enfin, cette affaire Manley... Folyet semble insinuer que Leatherby en sait plus long qu'il ne veut l'admettre... Folyet considère la "crise cardiaque" d'un œil sceptique. Eh bien, supposons qu'il s'agisse bien d'un suicide, et que Leatherby le sache. Peu importe ! Qui diable est ce Folyet ? Non, il n'y a rien dans cette affaire Manley qui puisse m'intéresser. En y réfléchissant mieux, il n'y a rien qui puisse m'intéresser du tout. J'ai un travail légitime à accomplir. Je peux me contenter de le faire et de me mêler de mes affaires. »

Il leva les yeux au ciel.

« Bien sûr, il y a autre chose. Ce que Mrs. Lewis m'a dit hier soir. »

Question à laquelle il ne trouvait pas plus de réponse satisfaisante.

« Pourquoi a-t-elle pensé qu'un accident s'était produit ? Pourquoi Folyet n'est-il pas rentré ? »

Il se souvint de la façon dont Mrs. Lewis avait parlé à son frère.

« Il est ton ennemi, Charles ! »

Et Leatherby de répondre : « Folyet ne peut rien contre moi. »

À présent, l'ennemi de Leatherby, parti, n'était pas revenu…

Dennison sauta du lit, enfin, se précipita dans la salle de bains et prit une douche froide. Il s'habilla avec la même hâte, sans se montrer assez rapide pour échapper à cette pensée qui le poursuivait.

Pourquoi Folyet n'était-il pas rentré ?

« Je vais parler à Ames. Lui demander des nouvelles de Folyet pour me rassurer. Tout ça n'a aucun sens, c'est évident… »

Une fois habillé, il quitta sa chambre, descendit les escaliers en silence, comme s'il se déplaçait dans une maison où tout le monde dormait encore. Il desserra les verrous de la porte d'entrée et sortit dans le jardin. Sa magnificence, la beauté de cette matinée aux couleurs claires et tendres l'émerveillèrent : le ciel bleu, les nouvelles feuilles d'un vert joyeux sur les arbres bourgeonnant, le parfum de la terre humide et la ferveur des plantes en pleine croissance.

La sensation d'oppression et d'inquiétude quittait son cœur petit à petit. Aucune ombre ne planait ici. Ici, impossible d'imaginer la peur, le mal – les cauchemars fuyaient le soleil du matin.

Il descendit l'allée, les mains dans les poches. Une brise fraîche soufflait sur son visage, mais les rayons du soleil le réchauffaient.

« Trop tôt pour voir Ames. Je vais attendre. »

Tout pouvait attendre ; ses pensées pouvaient attendre. Il allait juste profiter d'être vivant pour un instant.

Puis, alors qu'il faisait demi-tour à l'autre extrémité de l'allée, il vit Miss Napier venir à sa rencontre depuis la maison. Baignés de soleil, ses cheveux brillaient, sa robe scintillait comme la neige et, sur son visage, se dessinait ce large sourire aussi joyeux que généreux. Son éclat surprenait toujours Dennison, car il ne le comprenait pas.

Elle s'approchait, et bien qu'il fût heureux de la voir, il ne se précipita pas vers elle.

- Bonjour, Docteur Dennison.

Il aima sa façon de s'adresser à lui, avec une parfaite

sympathie, sans pour autant manquer du respect qu'une simple infirmière devait à un médecin.

- Bonjour.

- Je suis venue vous demander si vous étiez prêt pour le petit-déjeuner. Ou préférez-vous que j'attende ?

- M'attendre, moi ?

- Eh bien, le docteur Leatherby descend rarement de sa chambre, et Mrs. Lewis, elle, ne descend jamais. Il n'y a donc que vous et moi, expliqua-t-elle.

Il se souvint.

- À moins que Folyet ne revienne ?

- Foylet ? cria-t-elle. Pas... Jeff Folyet ? Pourquoi devrait-il revenir... ?

Il ne pouvait pas échapper à l'ombre, au brouillard. Même cette jeune fille, qui lui avait semblé éclatante et claire comme le jour, l'instant d'avant, avait changé, la candeur obscurcie par ce mystère si odieux à ses yeux. Quelque chose clochait... même avec elle. Il resta immobile, abattu, regardant ses nouvelles chaussures cirées avec soin.

- Pourquoi pensiez-vous qu'il allait revenir ?

- Il était ici hier soir. Il est reparti pour récupérer ses bagages, disant qu'il reviendrait. Mais il n'est pas revenu.

- J'en suis ravie !

Sa remarque respirait la sincérité, et il la regarda, plein d'espoir.

- Pourquoi ? Vous ne l'aimez pas ?

- Ce n'est pas ça, répondit-elle avec une sorte de réticence. Il s'est toujours montré aimable envers moi quand il vivait ici. Mais... Il semblait juste... ne pas être tout à fait à sa place.

Leurs yeux se rencontrèrent.

- Je ne comprends pas, déclara Dennison. Au point où on en est, il y a beaucoup de choses que je ne comprends pas. Et je n'aime pas ça.

Elle resta silencieuse un moment, puis le regarda droit dans les yeux.

- Docteur Dennison, il y a beaucoup de choses dont je n'ai pas envie de parler, des choses dont je ne *peux pas* parler. Mais cela ne fait aucune différence, n'est-ce pas ?

- Je ne vois pas ce que vous voulez dire, répondit Dennison, perplexe.

- Je veux dire que nous pouvons être amis quand même, non ?

Il sentait que son visage sombre s'empourprait lentement. Il détourna le regard.

- Vous ne préférez plus que je m'en aille ?

- Je ne sais pas, Docteur Dennison.

- Pourquoi ? demanda-t-il, presque brutalement. J'aimerais comprendre. Qu'est-ce qui vous a fait changer d'avis ?

Elle se contenta de sourire, un peu fébrilement.

- Vous préférez donc que je reste ?

- Oui. Je suis sûre que le docteur Leatherby ne pourrait

trouver quelqu'un de plus digne de confiance que vous.

- C'est le cas, déclara Dennison, obstiné. Mais je ne vois pas...

- Et si nous prenions le petit-déjeuner ? l'interrompit-elle, avec une fermeté toute respectueuse.

- Si vous voulez.

Il la suivit à l'intérieur. Une fois dans le vestibule, ils rencontrèrent Miller.

- Une lettre est arrivée pour vous.

Dennison sentit son cœur s'alléger lorsqu'il reconnut l'écriture d'Evelyne. Cette lettre ne pouvait arriver à un meilleur moment : une missive de son amie, de sa fiancée, de la seule personne sur terre aux yeux de qui il avait un semblant d'intérêt et d'importance. Dans cette maison, il avait ressenti sa solitude avec amertume, comme jamais auparavant – un étranger tenu à l'écart des autres et de leurs soucis. Et voilà qu'une voix familière venait lui parler, qu'une petite main amicale se tendait vers lui.

- Excusez-moi, lança-t-il et, debout près de la fenêtre, il ouvrit la lettre.

« *Mon cher Alex, nous sommes tous ravis d'entendre que tu as trouvé un endroit magnifique. Père pense qu'il s'agit tout simplement d'une opportunité extraordinaire pour toi. Mais, Alex, ta lettre était étrange. Tu ne semblais* **guère** *enthousiaste. Père et mère l'ont remarqué tous les deux lorsque je la leur ai lue.* »

Il fronça les sourcils. De quel droit leur lisait-elle ses lettres ? De quel droit les lisait-elle à quiconque, d'ailleurs ? Il poursuivit.

« *Et je sais que père s'inquiète pour toi. Il était si déçu que tu abandonnes ton propre cabinet...* »

« Abandonner mon cabinet, elle est bonne celle-là ! » pensa Dennison.

« *... Et lorsqu'il a su que tu comptais embarquer sur un bateau, il a craint un comportement* **légèrement** *nomade. Mais je lui ai assuré que tu finirais par t'installer, Alex. Tu le feras, n'est-ce pas ? Même si ce nouveau travail ne t'enthousiasme pas, essaie de tenir le coup. Il y a toujours* **certains** *aspects, dans* **toutes** *choses, que nous n'aimons pas.*

« *Tu sais, mon cher Alex, que je suis prête à t'attendre. Mais si tu ne comptes faire aucun véritable effort et que tu ne t'accroches pas, même si ce travail ne te plaît pas, notre mariage sera reporté indéfiniment.*

« *Je me suis rendue à la petite soirée dansante de Sonia, mercredi, et tu m'as tellement manqué. Vu que tu ne danses pas, tu n'aurais pas eu grand plaisir. Mais moi, j'aurais tellement été heureuse d'y voir mon cher et tendre ami, toujours aussi solennel.*

« *Je dois m'interrompre à présent, mon chéri, c'est l'heure du déjeuner. J'espère recevoir une lettre de toi bientôt, m'informant que tu as changé d'avis et décidé de serrer les dents, même si ce travail ne te semble pas idéal, jusqu'à ce que tu aies mis suffisamment d'argent de côté pour que nous puissions construire notre nid.*

« *Toute ma tendresse à mon cher ami, et ne m'en veux pas de te faire un peu "la leçon". Je veux t'aider, tout simplement.*

« *Pour toujours, ta tendre Evie.* »

Dennison replia la lettre et la rangea dans sa poche de poitrine.

« C'est... c'est vraiment injuste », pensa-t-il.

- Du sucre et de la crème dans votre café, Docteur Dennison ? demanda Miss Napier.

- Comme vous voulez, merci, lui répondit-il en prenant place à table.

« Un comportement nomade... »

Le mot lui était insupportable. En fait, la lettre entière l'irritait. Il n'imaginait pas Evie comme son témoin de moralité : il se sentait tout à fait capable de s'occuper lui-même de sa morale et de sa carrière.

Il n'avait besoin de personne pour le presser à « serrer les dents » et à faire contre mauvaise fortune bon cœur, c'était certain. Il ne voulait pas non plus de l'aide d'Evie. C'était son rôle à lui de l'aider, elle, de travailler pour elle, de lui offrir un toit et de la protéger. La seule obligation d'Evie, en contrepartie, c'était accepter ce qu'il pouvait lui offrir.

À ce moment, il vit Miss Napier déposer une tranche de

pain beurré sur son assiette et en préparer une deuxième.

- Ne vous dérangez pas !

- Cela ne me dérange pas le moins du monde, lui assura-t-elle, sérieuse. Si seulement vous pouviez prendre un bon petit-déjeuner, Docteur Dennison...

Il la regarda en fronçant légèrement les sourcils : son visage exprimait une si grande bonté... De fait, il remarqua que tout en elle exhalait la bonté : son sourire, sa voix, ses mains, même, unissaient force et tendresse.

Il n'était pas habitué à tant de sollicitude. Cela le perturbait.

- Je ne suis pas malade. Je n'ai pas besoin...

- Juste une autre tranche ! C'est du pain complet. Je ne peux m'empêcher de penser qu'il est bon d'en manger, même si le docteur Leatherby n'y croit pas. Il ne croit en aucune sorte de régime spécial, d'ailleurs. Il répète à l'envi que nous sommes omnivores par nature. Eh bien, même dans le cas de Mrs. Tisdale... »

Dennison en avait des choses à dire sur les régimes alimentaires, et, attentive, elle l'écouta. Il accepta une nouvelle tasse de café. Il n'avait pas l'habitude de remarquer ce genre de détails, mais il constata qu'elle avait une façon très délicate de le lui servir.

- J'ai entendu Ledyard parler d'un régime en cas d'anémie. Quiconque l'écoutait ne pouvait qu'être convaincu. On peut consulter ses écrits...

Il s'interrompit, surpris.

- C'est neuf heures qui vient de sonner ?

- Oui, Docteur Dennison.

Il se leva à la hâte mais, avant d'avoir atteint la porte, il réalisa qu'il avait manqué de courtoisie.

- Miss Napier !

- Oui, Docteur Dennison ?

- Vous êtes très gentille, lui lança-t-il, d'un ton cérémonieux, avant de s'interrompre un moment. Je ne crois pas vraiment…

- Je suis tellement heureuse que le docteur Leatherby *vous* ait fait venir.

- Je ne crois pas qu'il ait besoin de moi.

- Au contraire, Docteur Dennison.

Il fronça à nouveau les sourcils.

- Dites-moi, déclara-t-il abruptement, ces patients privés… Pouvez-vous admettre, en toute franchise, que vous êtes totalement satisfaite de…

- Je suis parfaitement satisfaite de tout ce que fait le docteur Leatherby. Cela va de soi. Voyez-vous, je vais l'épouser.

Chapitre six

Mrs. Lewis propose ses conseils

Ce qui se passait ici ne devait en aucun cas affecter Dennison. Miss Napier avait le droit d'épouser qui elle voulait, Leatherby aussi, et Dennison n'avait pas à s'en mêler.

Pourtant, cette idée le choquait plus que de raison. Une bonne trentaine d'années les séparait. Sacrée différence d'âge ! Par ailleurs, il y voyait une profonde incompatibilité qu'il ne pouvait formuler mais qui, cependant, lui crevait les yeux – un mariage entre deux personnes de races différentes, voire d'ères différentes. C'était comme si un Athénien charmant et raffiné de l'époque de Périclès allait s'unir à la fille d'un Viking.

« Ils ne sont pas du même monde. »

Il ne savait pas comment s'occuper ce matin-là. Le docteur Leatherby n'était toujours pas descendu, aucun patient n'attendait au cabinet, et il n'avait aucune visite à rendre. Il erra dans la maison, fuma, ressassant ses pensées maussades. Parfois, lorsqu'il se tournait dans la direction de Miss Napier, il l'apercevait, dans la salle de réception, en train de tricoter son maillot écarlate, le soleil illuminant sa tête blonde. Alors, il avait l'impression que rien ne tournait rond. Rien du tout.

« Je ne vais pas répondre à la lettre d'Evie. Je n'ai pas encore vraiment décidé. Si je pars, j'essaierai de lui expliquer. Et si elle ne comprend pas, tant pis. "Un nomade…" Jusqu'ici, j'ai plutôt l'impression d'avoir fait du sur-place… Donc, comme ça, elle lit mes lettres à ses parents, et ils en discutent ensemble… Son "cher et tendre ami, toujours aussi solennel" qui ne danse pas… Comment pourrais-je danser ? Quand aurais-je eu le temps ou l'opportunité d'apprendre à danser ? Ou de m'adonner à une quelconque activité du genre ? »

Il flâna jusqu'au vestibule et regarda, à travers la vitre de la porte d'entrée, le jardin bien entretenu et baigné de lumière.

« Moi, solennel ? Je ne le savais pas. »

Ce terme lui déplaisait au plus haut point. Il évoquait en lui l'image d'un jeune imbécile prétentieux et ennuyeux. Peut-être en était-il un, en fin de compte.

« Je n'ai sans doute pas été des plus divertissants pour Miss Napier. Elle essayait d'être gentille… Parlant d'amitié… »

Il ressentit un grand désir de se montrer amical. Il ne voulait plus être « solennel », mais décontracté, gai. Il voulait être heureux.

Il fit demi-tour et traversa le vestibule jusqu'à la salle de réception. Mais lorsqu'il eut atteint le pas de la porte, il ne sut plus que dire ni que faire pour se montrer amical, ou même heureux. Il se tint immobile et la regarda, un sourire tendu, pincé sur les lèvres. Elle posa son tricot.

- Non, ne vous levez pas. Ce n'est pas une visite officielle. Je suis juste venu pour bavarder.

- Alors, asseyez-vous !

Il entra dans la pièce et s'assit sur le bord du bureau. Il sonda son cerveau à la recherche d'une boutade, mais ne put trouver un seul mot. Pourtant, le silence qui régnait dans la pièce avait un effet apaisant. Il était sûr qu'elle ne le disséquait pas, qu'elle ne le jugeait pas.

- Vous savez, ce que vous m'avez raconté au sujet des théories du docteur Ledyard sur les régimes alimentaires m'a vraiment intéressée…

- J'ai lu son dernier livre. Je l'ai laissé à mon cottage, cet endroit que j'ai loué à mon arrivée.

- Je sais, je suis venue y déposer le mot du docteur Leatherby. J'ai *bien aimé* ce cottage !

- Moi aussi, répondit Dennison, qui semblait rêver. Attendez, si j'ai l'opportunité de m'y rendre aujourd'hui, j'irai vous le chercher.

- Oh, merci ! Je ne pense pas que vous serez fort occupé aujourd'hui. Je suis presque sûre que le docteur Leatherby verra lui-même les patients du cabinet. Dois-je le lui demander ?

- Allez-y.

Puis il ajouta, comme si l'on forçait les mots à sortir de sa bouche :

- Peut-être que vous aimeriez m'accompagner, ce matin ?

- J'en serais ravie. Je me dépêche d'aller demander au docteur Leatherby.

Elle quitta la pièce, et Dennison resta assis sur le bureau, à l'attendre. Dès qu'elle fut hors de vue, il se remémora tout ce qu'il avait oublié pour un moment. Elle semblait l'éblouir : il ne voyait plus clairement en sa présence.

- Nous pouvons y aller, annonça-t-elle en rentrant dans la pièce, coiffée de son chapeau et vêtue de son manteau.

Dans l'intervalle, Dennison avait pourtant réfléchi.

- Écoutez, nous devrions prendre des nouvelles de Folyet, qu'en pensez-vous ? Je veux dire... Il est peut-être malade, ou quelque chose de ce genre ? Il comptait vraiment revenir, mais je ne l'ai pas revu.

- Et c'est très bien comme ça. Il sait qu'il n'est pas le bienvenu ici.

Alors Dennison se souvint de la question étrange qu'avait posée Mrs. Lewis : « Un accident est-il survenu ? »

Comme si elle en avait attendu un.

« Peut-être, mais c'est étrange... »

Son cœur bondit à la vue du regard inquiet de Miss Napier. Il savait qu'il la bouleversait, mais il ne pouvait s'en empêcher.

- J'aimerais juste demander à Ames ce que Folyet a dit. Bien sûr, ce ne sont pas mes affaires...

- Pourquoi pas ? Nous lui en toucherons un mot en sortant. Je n'ai aucun problème à lui poser des questions. Vous...

Elle s'interrompit et le regarda droit dans les yeux.

- Si vous croyez vraiment que quelque chose d'étrange se passe...

- Oui, je le crois.

Il éprouva un curieux soulagement. Pour la première fois, il avait réussi à formuler ses soupçons sans détour et, loin d'être en colère, Miss Napier semblait penser qu'il méritait d'être entendu d'une manière ou d'une autre.

- Nous demanderons à Ames. Je serais heureuse que vous écoutiez ce qu'il a à dire. Pour que vous cessiez... d'imaginer des choses.

Ils trouvèrent Ames dans le garage. Ce jeune homme affichait une grande maîtrise de lui-même, avec l'air d'indépendance des personnes sûres de leur talent et de leur capacité à toujours trouver du travail.

- 'Jour, lança-t-il.

Les manières de Miss Napier parurent parfaites aux yeux de Dennison : sincères, directes, cordiales. Elle lui posa quelques questions sur la voiture, non par délicatesse, mais par politesse. Puis elle entra dans le vif du sujet :

- Quelles étaient les raisons de Folyet de ne pas revenir ?

- Folyet ? J'ai pas vu Mr Folyet depuis un an.

- Ne l'avez-vous pas ramené au *Eagle House* hier soir ? demanda Dennison. Récupérer ses bagages ?

- Moi ? J'étais à New York hier soir. À un spectacle, avec ma copine. C'est là qu'j'étais.

- Qui conduit la voiture en votre absence ?

Ames fixa Dennison.

- Ben, Miller a un permis de conduire, y pourrait prendre la voiture pour les urgences. Mais croyez-*moi*, faut vraiment urgence pour que c'gaillard prenne le volant. Et s'il a conduit hier soir ? Personne m'a informé en tout cas.

- Je ne sais pas, répondit Miss Napier à la hâte. Mr Folyet est passé, et nous avons pensé que vous l'aviez peut-être ramené en ville. Mais ceci n'a pas la moindre importance. Il a dû prendre un taxi pour New York depuis la gare.

Elle tourna les talons avec un sourire, commença à marcher. Dennison se déplaça de manière à voir son visage. La colère l'envahit en le voyant : un regard circonspect.

- Le docteur Leatherby a dit que Ames ramènerait Folyet. Miller, lui, est entré dans la bibliothèque et a annoncé que la voiture était prête.

- Et alors ? cria-t-elle. Je suppose que Miller a conduit la voiture lui-même. Il n'y a vraiment rien de sinistre là-dedans, n'est-ce pas ?

- Miller a dit que Folyet avait « fait savoir » qu'il ne reviendrait pas. Comme si quelqu'un lui avait remis le message.

- Et alors ?

Elle était à présent en colère, ses joues s'étaient empourprées, ses yeux, enflammés.

- Peu importe qui a ramené Jeff, ou l'endroit où il est allé, ou pourquoi il n'est pas revenu !

- J'aimerais savoir.

- Vous êtes ridicule !

Ils marchèrent en silence.

- Je ne voulais pas vous offenser.

L'espace d'un instant, elle ne lui répondit pas. Puis elle se tourna vers lui et lui adressa un large sourire.

- Je suis désolée. Je ne voulais pas non plus m'emporter de la sorte. Pour des bêtises en plus. En bas de cette rue, n'est-ce pas ?

Il avait la clé du cottage dans la poche. Il déverrouilla la porte et s'écarta pour la laisser passer. Lorsqu'elle entra, en franchissant le seuil, il sentit quelque chose se figer dans son cœur, quelque chose qu'il ne comprit pas, une sorte de douleur. Qu'elle vienne dans son cottage lui parut inopportun. Il eut la sensation d'avoir commis une erreur irréparable.

Il la suivit dans le petit bureau. Une couche épaisse de poussière recouvrait tout. Comme l'endroit semblait petit, pauvre et chiche comparé à la demeure de Leatherby... Il prit le livre sur l'étagère et le lui montra. Il voulait à présent qu'elle s'en allât, et vite. La voir ici lui était insupportable.

- Puis-je visiter la maison ?

- Il n'y a rien à voir.

En une seconde, il se ravisa, conscient que sa réponse manquait de délicatesse :

- Très bien. Voici la salle d'attente.

Personne n'y avait jamais attendu. Des chaises se tenaient, raides, contre les murs d'une petite pièce épouvantable. Ensuite, il lui montra la salle à manger – meublée d'une table seulement.

- Vous voyez, je prenais les chaises de l'autre pièce.

Vint ensuite la cuisine, équipée d'une poêle, d'une cafetière et d'une grosse casserole en fer-blanc.

Il ne voulait pas la conduire à l'étage, mais elle commença à monter les marches sans rien demander, et il la suivit, le cœur lourd, honteux de sa pauvreté, de sa vie morne et sans charme. Deux des chambres étaient plutôt dépouillées ; seule la poussière les occupait. La porte de la troisième était ouverte, et il ne voulut pas la fermer. Qu'elle voie, si c'était ce qu'elle voulait. Il y avait un lit de camp de l'armée, bien fait, avec une couverture grise à son pied, une chaise, un miroir pour se raser, suspendu à un clou. Rien d'autre.

Elle quitta la pièce à la hâte, descendit les escaliers et retourna dans le cabinet.

- Vous voyez, ça ne vaut pas vraiment le détour.
- Je trouve cette petite maison bien belle ! s'écria-t-elle, comme si elle était en colère contre lui. Vous pourriez en faire des merveilles !
- Je l'ai pensé aussi. D'ailleurs...

Il ouvrit un tiroir du bureau et en tira un catalogue.

- Pour m'amuser, j'ai choisi des choses que j'aime. Des rideaux, des tapis, etc. De belles couleurs lumineuses.
- Voyons voir, déclara-t-elle, en regardant par-dessus son épaule.
- Que se passe-t-il ? s'exclama-t-il en voyant ses yeux se remplir de larmes.
- Rien. Seulement, j'espère que vous obtiendrez un jour chacun de ces objets. Et la fille idéale pour les accompagner.
- Merci, répondit-il, sans rien oser ajouter.

Les larmes de Miss Napier le touchaient profondément. Il aurait tout donné pour la consoler, mais il ne savait pas comment agir, ne pouvant pas deviner la cause de ses sanglots. Debout, il feuilleta longtemps les pages du catalogue de vente par correspondance.

– Vous… Vous avez été très gentille avec moi. J'apprécie. Je suis désolé si je me suis montré… désagréable. Mais je n'ai pas l'habitude des femmes.

Il s'interrompit, avant de poursuivre :

– Même si je suis fiancé. Enfin, en quelque sorte.

– En quelque sorte ?

– Nous nous marierons seulement si je gagne un jour assez d'argent.

– Ce sera le cas. Je sais que ce sera le cas, Docteur Dennison !

– Et qu'est-ce qui vous le fait penser ? demanda-t-il, curieux.

– Vous êtes intelligent et prudent et… obstiné, répondit-elle en souriant. Vous disposez de toutes les qualités requises pour réussir.

Qu'elle pensât ces mots lui parut merveilleux. À la vue du petit cabinet, une fierté nouvelle l'envahit. Après tout, il avait loué la maison et acheté quelques meubles. Il avait même un livre à prêter à Miss Napier !

« Oui, je m'en sortirai ! » pensa-t-il.

Ils rentrèrent ensemble à pied et bavardèrent au sujet du livre du docteur Ledyard. Ils se séparèrent dans le vestibule : Miss Napier gagna la salle de réception, et

Dennison monta à l'étage. Il se retourna et vit sa robe blanche disparaître dans l'embrasure de la porte.

- Docteur Dennison ! lança quelqu'un à voix basse.

Il se retourna d'un coup et vit Mrs. Lewis sortir de la bibliothèque.

- Oui, Mrs. Lewis ?

Elle s'approcha, d'un pas nonchalant, et lui adressa un faible sourire.

- Vous êtes sorti avec Hilda, n'est-ce pas ? C'est un peu difficile à dire… Vous ne me croirez pas, mais… Ce n'est pas la première fois que j'assiste à une telle scène.

- Je ne vois vraiment pas… commença-t-il, en fronçant les sourcils.

- Vous ne voyez pas du tout, l'interrompit-elle, sans quitter son sourire. C'est dommage. J'aurais préféré que vous ne soyez jamais venu ici. Si je pouvais vous convaincre de partir…

- Je suis désolé, répondit Dennison avec raideur. Mais à moins que le docteur Leatherby ne soit mécontent…

- Oh, non ! Il vous aime bien. Et moi aussi. Mais si vous comptez rester…

Elle se rapprocha de lui et murmura :

- *Ne soyez pas* aussi aveugle !

- Que voulez-vous dire ?

- Ne laissez pas Hilda Napier faire de vous sa marionnette.

- Que voulez-vous dire ?

- C'est une fille formidable. Mais elle a ses propres intérêts à servir. Elle fera n'importe quoi, vraiment n'importe quoi, pour vous avoir de son côté.

- De son côté ? répéta-t-il, rouge de colère.

- Elle a déjà agi de la sorte auparavant. Elle est très jolie et, bien entendu, si elle décide de vous séduire et de vous gagner à sa cause...

- Ce n'est pas le cas, répondit-il d'un ton sec.

Une fois encore, Mrs. Lewis sourit.

- Comme vous voudrez. Mais je vous aurai prévenu.

Chapitre sept

« On dirait qu'il y a eu meurtre... »

De tous les rôles à jouer dans ce bas monde, celui de marionnette déplaisait fort à Dennison. Il aurait mieux aimé prêter ses traits à un pécheur, à n'importe qui, sauf à une dupe.

« Ce n'est pas vrai ! Ce n'est pas son genre. "Décider de me séduire, de me gagner à sa cause"... Ce n'est pas vrai ! »

Il la revit dans le cottage, les larmes aux yeux, sa gentillesse du matin.

« C'est un mensonge. Ce n'est pas son genre ! »

Il ne pouvait pas s'empêcher de repenser à tout ce qu'il avait lu et entendu sur le manque de scrupule des femmes, surtout quand elles étaient touchées sur le plan affectif. « Elles ont leur propre code de conduite », lui avait-on raconté. Peut-être que Miss Napier trouvait une justification dans chacun de ses actes. Peut-être que tout l'intérêt qu'elle lui portait, toute sa gentillesse, ses sourires, son discours au sujet du livre de Ledyard même, n'étaient qu'un prétexte subtil ?

« Non ! Ce n'est pas son genre. »

Assis dans sa chambre, il fumait et attendait, fébrile, l'heure du déjeuner.

« Quand je la reverrai... »

Quand il la reverrait, il la regarderait sans passion, d'un œil critique. Il lirait, sur son visage, le reflet de son âme. Elle ne pouvait le tromper tout à fait, il n'était pas idiot. S'il l'étudiait, il saurait...

À treize heures, il descendit à la salle à manger, où il trouva le docteur Leatherby, Mrs. Lewis ainsi que Miss Napier. Ils s'assirent à table, discutèrent, et Dennison écouta, consterné, ces voix amicales et polies.

Il savait qu'une ombre planait sur la maison, mais aucune trace ne se reflétait sur leurs visages. Leatherby était, comme à son habitude, digne, courtois et affable. Mrs. Lewis qui, une heure plus tôt, avait parlé de Miss Napier en des termes si cruels, bavardait à présent avec elle sans gêne, même avec chaleur. Quant au visage limpide de Hilda, il n'y décela rien, rien du tout.

« Est-ce qu'elle... aime Leatherby ? »

Il ne savait pas, il ne pouvait pas savoir. Selon lui, la façon d'aimer de Miss Napier devait différer de celle d'Evie : pas d'indulgence, ni de gaieté, mais une tendresse tragique. Par ailleurs, il devait exister, chez les hommes, un genre d'amour différent de l'affection dévouée qu'il éprouvait pour Evie.

« Je ne sais pas... Je ne sais pas grand-chose, sur rien », pensa-t-il avec une humilité inhabituelle chez lui.

Il se sentait profondément déprimé et cela le mettait en colère. Il ne supportait pas l'idée de se savoir ignorant et impuissant. S'il ne savait pas grand-chose, alors il devait en apprendre davantage. Et s'il n'était pas capable, encore, de sonder le cœur des hommes, il pouvait au moins découvrir ce qui se passait autour de lui.

« J'aimerais savoir pourquoi Folyet n'est pas revenu. J'aimerais lui parler. »

Folyet l'obsédait étrangement.

« Je veux revoir Folyet », pensa-t-il, et il échafauda un plan.

Lorsque Mrs. Lewis se leva pour sortir de table, il la suivit à dessein dans la bibliothèque, mais ne s'y arrêta pas. Il s'éclipsa en douce et revint en direction de la salle à manger pour récupérer sa boîte d'allumettes, qu'il avait volontairement laissée là.

Bien que ses mouvements fussent toujours agiles et légers, il évolua plus silencieusement qu'il n'imaginait, car ni Miller, ni la bonne ne l'entendirent s'avancer dans le vestibule.

- C'est c'que j'ai entendu, du moins ! disait la fille, sur

la défensive.

- Tu écoutes trop, répondit Miller, d'un ton sévère.

- J'peux pas boucher mes oreilles, ni fermer mes yeux. Le garçon de l'épicerie, c'est lui qui m'a dit qu'on avait pas payé la facture depuis trois mois et qu'la note, elle était salée.

Dennison avait atteint le pas de la porte. Il aperçut Miller debout, le coude appuyé sur la commode, tandis que la bonne nettoyait la table : elle était mignonne, bien que boudeuse. Il aurait parlé si les paroles de la domestique ne l'avaient pas réfréné.

- C'est pour ça que j'suis contente que ç'Monsieur Manley lui a laissé une coquette somme.

Dennison resta à sa place, immobile.

- Où as-tu entendu ça ? demanda Miller avec sévérité et un regard suffisant.

- J'ai entendu Mrs. Lewis au téléphone. Avec la Francis. « Je vais pouvoir vous aider, ma chère, parce que ce pauvre Lucian a légué cent mille dollars à Charles. Et vous savez que Charles sera ravi de vous aider », elle a dit.

- Tu n'aurais pas dû écouter. Et tout ce que tu entends, tu le gardes pour toi. Tu as un bon poste ici, Jessie. Mais si je te prends à colporter des commérages, c'est la porte !

- Je commère pas, répondit-elle, indignée.

- Et ne remets pas ces cuillères au milieu des couverts propres. Tout ce qui était sur la table repart à la cuisine pour être lavé, propre ou non. Et je n'aime pas que tu dessines ces étoiles dans le sel, c'est vulgaire.

À ce moment, Dennison entra dans la pièce.
- J'ai oublié une boîte d'allumettes...
- Elle est là, Monsieur, répondit Jesse, d'une voix enthousiaste.
- Vous avez conduit Mr Folyet au *Eagle House* la nuit dernière, c'est bien ça ?
- Non, Monsieur, rétorqua Miller.

Quelque chose d'intangible, dans la voix du domestique, lui fit désagréablement prendre conscience qu'il n'avait pas à poser de questions. Mais il poursuivit tout de même.
- Il n'est pas rentré à l'hôtel ?
- Je n'en sais rien, Monsieur.
- Il est parti d'ici en voiture. Vous ne l'avez pas conduit ?
- Oui, Monsieur. Mais Mr Folyet m'a prié de le déposer au coin du boulevard et de prévenir le docteur qu'il ne reviendrait pas.

Même si la voix et le regard de Miller étaient restés fermes et calmes, Dennison avait l'intime conviction que le domestique mentait.

Très bien ! lança-t-il, et il retourna dans le cabinet.

« Non ! Folyet comptait revenir. Quelque chose l'en a

empêché. Mrs. Lewis s'attendait à ce qu'un "accident" lui soit arrivé... Non, ça n'a pas de sens ! »

Folyet l'obsédait ; ce beau visage amer, avec sa bouche souriante et ses yeux tristes, le hantait. Alors, une fois de plus, il se mit à réfléchir :

« Supposons qu'il lui soit arrivé quelque chose et que personne ne s'en soucie ! Ou que personne ne veuille le savoir ? »

Alors, une idée aussi simple que logique lui vint à l'esprit. Il enfila son pardessus, prit son chapeau et jeta un coup d'œil à la porte de la salle de réception.

- Je serai de retour avant l'ouverture du cabinet, Miss Napier. Je vais juste faire un tour en ville.

Il s'en alla d'un pas rapide, mû par une certaine urgence, comme s'il voulait échapper à quelque chose.

« Je vais demander à l'hôtel, juste pour me rassurer. Je découvrirai où se trouve Folyet, peut-être même que je le verrai là-bas. »

De fait, il avait besoin d'être rassuré, car il cogitait à l'excès. Il se souvint de bon nombre de détails... Ainsi, Manley avait légué une petite fortune au docteur Leatherby ? Et Leatherby, vivant dans le luxe, ne pouvait pas payer ses dettes... ?

« Des commérages de bonne ! s'énerva Dennison. Rien de tout ça ne me regarde. »

Il essaya de prévoir ce qu'il allait dire à Folyet dès qu'il le trouverait, quelle excuse il allait lui servir pour expliquer une visite si peu justifiée. Vu qu'il manquait naturellement de subtilité et de finesse, il ne trouva rien d'autre que son histoire de boîte d'allumettes.

« Je lui demanderai si c'est la sienne. Je lui dirai avoir cru qu'il l'avait oubliée dans la bibliothèque hier soir. »

Arrivé dans le hall du *Eagle House*, il se dirigea vers le comptoir.

- Est-ce que Mr Folyet est là ?

- Non, Monsieur, répondit le réceptionniste. Il a quitté l'hôtel hier soir.

- À quelle heure ?

- Je ne sais pas, je n'étais pas là. Mais d'après le réceptionniste de nuit, Mr Folyet a téléphoné à – peu importe l'heure – disant qu'un imprévu le forçait à partir et qu'il enverrait quelqu'un récupérer ses bagages et payer la facture.

- Ses bagages sont-ils toujours ici ?

- Non, Monsieur. Un homme est venu les chercher ce matin et a réglé la note.

- Quel genre d'homme ?

Voyant l'expression sur le visage du réceptionniste, Dennison comprit que ses questions devaient paraître curieuses. Alors, il ajouta :

- Je me demande si ce n'était pas… son frère…

- Plutôt son père. Un homme âgé, mince et plutôt frêle.

- Merci ! répondit Dennison, avant de s'en aller.

Intéressant ! Quel imprévu avait bien pu avoir Folyet ? Peut-être avait-il oublié un rendez-vous important en promettant à Leatherby de revenir, mais s'en était souvenu plus tard ?

« Inutile de voir le mal partout », avait-il conclu en rentrant à la maison.

Il monta les marches et sonna à la porte. Comme d'habitude, Miller lui ouvrit.

- Vous avez une visite à faire, Monsieur.

Dennison ne répondit pas. Devant lui, se tenait un homme qui correspondait parfaitement au profil dressé par le réceptionniste : « âgé, mince et plutôt frêle... »

« Je deviens obsessionnel ! Des centaines de milliers d'individus correspondent à cette description... »

- Très bien, Miller, répondit-il, et il alla demander à Miss Napier des précisions sur cette visite.

- Le garçon Templeton, à nouveau. De plus, le docteur Leatherby vous prie de passer au *Eagle House* pour voir si Mr Folyet y est toujours.

Dennison la regarda rapidement ; elle lui rendit son regard avec un large sourire d'écolière. Bien entendu, pour elle, rien ne clochait dans cette demande. Mais pour lui, si !

En toute logique, Leatherby aurait dû téléphoner au *Eagle House* pour obtenir le renseignement souhaité.

Pourquoi donc demander à Dennison d'y aller ?

L'espace d'un instant, il envisagea de répondre qu'il avait anticipé la demande du docteur et d'y ajouter le fond de sa pensée. Mais il renonça à cette idée. Non parce qu'il n'avait pas confiance en Miss Napier, mais parce qu'il fut curieusement pris de pitié en la voyant.

« Je ne vais pas l'inquiéter. Elle est si jeune... Si jeune pour épouser un homme de l'âge de Leatherby... Elle... »

Il détourna la tête.

- Puis-je faire quoi que ce soit pour vous ? Avez-vous encore besoin de laine ?

- Eh bien, si vous allez au *Eagle House*, vous pourriez peut-être vous arrêter à la papeterie d'à côté ? On y trouve une barre aux amandes spéciale...

- Aucun problème, répondit Dennison, touché à la limite du raisonnable. J'en serais ravi. Je m'en charge !

- Merci beaucoup ! Voici l'argent.

Il prit la pièce qu'elle lui tendit, car il pensait que protester la blesserait. Il la glissa dans sa poche et sortit.

« Ce n'est qu'une enfant... »

L'idée que la future épouse du docteur Leatherby, l'épicurien, voulait... une barre aux amandes...

La voiture n'était pas devant la porte. Il traversa donc la pelouse jusqu'au garage. Ames venait d'enfiler son manteau.

- Désolé, Docteur ! lança-t-il joyeusement. Mais m'a fallu passer l'aspirateur sur les coussins. Ça alors ! On dirait qu'y a eu meurtre dans c'te voiture...

- Quoi ? cria Dennison.

Ames rit :

- C'est pas si grave. Mais j'ai trouvé un mouchoir plein d'sang, caché derrière les coussins...

- Montrez-le-moi.

- J'l'ai pas gardé. J'l'ai mis à l'incinérateur, avec le reste des déchets. Toute façon, l'était tout déchiré.

Le cerveau de Dennison travaillait à plein régime.

- Qu'est-ce qui vous fait penser que ce mouchoir m'appartient ? demanda-t-il en feignant un amusement naturel.

- Ben, le docteur Leatherby, il a pas utilisé la berline depuis une semaine, répondit Ames en souriant. Mais vous faites pas d'bile, Doc ! J'vais pas moucharder !

Il raconta d'autres blagues sur les médecins et leurs victimes présumées, auxquelles Dennison répondit avec un empressement qui le surprit. En effet, une idée dominait dans son esprit : Ames ne devait avoir aucun soupçon. Du moins pas tant qu'il n'aurait réfléchi à la question.

Il prit place dans la voiture. On devait avoir oublié le mouchoir « plein de sang » la veille, quand Miller avait conduit Folyet... quelque part. Deux personnes pouvaient expliquer sa présence : Miller et Folyet.

« Est-ce que je dois poser la question franchement à Miller ? Ou est-ce une erreur de lui montrer que j'ai des soupçons ? »

Il pencha plutôt pour la deuxième option. Il n'avait pas confiance en Miller et il ne l'aimait pas.

« Non. Je dois trouver Folyet. Si je ne… »

Et s'il ne le trouvait pas ?

Arrivé à la maison de son patient, il oublia Miller et Folyet et se concentra sur son seul travail, depuis la seconde où il eut passé le seuil de la porte d'entrée. Il accorda toute son attention au garçon malade. De retour dans la voiture, son esprit resta focalisé sur le cas pour un moment.

Puis, comme dans un sursaut, l'affreux problème, la menace, lui revint à l'esprit.

« Je dois trouver Folyet. Tout ceci nécessite explication. »

À ce moment, peu lui importait qu'on le considérât comme « ridicule ». Si toute cette histoire se révélait un miroir aux alouettes, très bien, qu'ils se moquent de lui ! Mais il devait s'en assurer.

« On dirait qu'y a eu meurtre dans c'te voiture… »

Ils s'engagèrent dans l'allée de la maison de Leatherby. Sous le soleil de l'après-midi, les tourelles projetaient une ombre noire et allongée sur la pelouse. Son cœur flancha à l'idée d'entrer de nouveau dans cette demeure. Il aurait voulu être capable de tourner le dos à ce nœud de vipères, de retrouver le monde, libre comme avant. Les poches vides, avec ses seules mains habiles et souples de chirurgien, son esprit alerte et obstiné, mais libre…

Seulement, il ne l'était pas. Il fallait penser à Evie… Et à la pensée d'Evie, il se souvint d'autre chose.

- La barre ! s'exclama-t-il.

- Quoi ? demanda Ames.

- J'ai oublié quelque chose. Pouvez-vous me ramener à la papeterie près du *Eagle House* ?

Ames, serviable, fit demi-tour, repassa le portail, retourna en ville, et Dennison entra dans la papeterie.

L'épouse du commerçant lui demanda deux fois ce qu'il voulait avant qu'il ne lui répondît. Il regardait l'étalage de sucreries avec, dans le cœur, une peine qu'il ne comprenait pas. En des occasions spéciales, il avait acheté des boîtes de chocolats à Evie, des boîtes décorées et ornées de rubans. Il en vit quelques-unes dans le rayon devant lui et aurait voulu en prendre une pour Hilda Nappier.

Mais il savait qu'il ne devait pas. Elle n'aurait que ce qu'elle avait demandé : la petite barre aux amandes, et rien d'autre. Il la paya scrupuleusement avec la pièce qu'elle lui avait remise.

Chapitre huit

Un rêve insupportable

La nature de Dennison, directe et obstinée, le poussait à suivre en premier la trajectoire la plus logique. Ce soir-là, tandis qu'il prenait le café dans la bibliothèque, avec le docteur Leatherby et Mrs. Lewis, il commença à parler et dit, mot pour mot, ce qu'il avait prévu de dire.

- Pouvez-vous me donner l'adresse de Folyet, Monsieur ? J'aimerais le contacter.

Leatherby sourit.

- Un homme intéressant. Un compagnon remarquable, même… Non, je ne sais pas où il vit. Je n'ai jamais vraiment su d'où il venait. Quelque part, à New York… Le sais-tu par hasard, Rose ?

- Non, répondit Mrs. Lewis, froide, sans relever le regard.

- Je vais demander à Miller, reprit Leatherby, et il sonna la clochette. Miller, avez-vous l'adresse de Mr Folyet ?

- J'ai celle qu'il m'a donnée l'an dernier, Monsieur, s'empressa de répondre Miller.

Il sortit un instant et revint avec une adresse écrite sur un morceau de papier. Leatherby y jeta un coup d'œil et le tendit à Dennison.

- J'attendais son retour. Mais il est assez imprévisible...

Ces réponses toutes prêtes, cet air d'insouciance, cette serviabilité perturbaient Dennison. Il avait l'impression de se retrouver face à un mur qu'il ne pouvait pas escalader et derrière lequel il ne pouvait pas voir : un mur qui cachait Folyet...

Leatherby avait recommencé à parler et s'adressait à sa sœur d'une voix calme et détendue.

- J'ai entendu ce matin que les Walling avaient divorcé.

- Oh, quel dommage ! J'ai assisté à leur mariage, il y a trois ans. Ils semblaient si heureux.

- Ils l'ont été. Pendant deux ans. Il n'y a rien de mélancolique à cela, ma chère.

- C'est pourtant triste que leur mariage n'ait pas duré.

Leatherby sourit à nouveau.

- Ils sont jeunes. Tous deux pourront revivre ce genre d'amour.

Dennison le regarda d'un œil sévère, mal à l'aise. Il soupçonnait que Leatherby parlait pour lui ; il se sentait attaqué d'une certaine façon et devait se défendre.

- Vous croyez au divorce, Monsieur ?

- Bien entendu, vu la conception moderne du mariage.

- Il n'y a pas de conception « moderne » du mariage, Charles, répondit sa sœur. Les jeunes gens sont tels qu'ils l'ont toujours été. Ils démarrent ensemble dans la vie, si confiants, si sûrs de leur bonheur à venir…

Elle s'interrompit et se tut ; la tristesse se dessinait dans ses yeux.

- En général, ils sont heureux, pendant un temps raisonnable. Mais ceci, en soi, est une idée moderne. Votre idée du mariage s'appuie sur ce que l'on appelle « amour » : une passion, une fantaisie éphémère. Avec pour but le bonheur personnel de deux individus. Si vous admettez ces fondements, que les gens se marient pour être heureux, eh bien, il faut dissoudre le mariage lorsqu'ils cessent de l'être.

Il alluma un nouveau cigare avant de poursuivre :

- Les anciens voyaient les choses sous un angle différent. Le foyer était sacré à leurs yeux, la passion n'y avait guère de place. Un homme ne se mariait pas pour satisfaire une toquade, mais pour fonder un foyer et perpétuer la tradition. La notion d'amour romantique leur était inconnue, à cette époque dorée. Et inimaginable ! Les hommes choisissaient leur femme pour d'autres qualités que leur charme physique. L'épouse restait à la maison ; elle y tenait une position de dignité et d'honneur indiscutable.

- Et de solitude, ajouta Mrs. Lewis.

- Pas du tout. Elle avait ses enfants, ses amies, ses obligations.

Personne ne lui répondit. Dennison se sentait gêné, contrarié. Les théories de Leatherby sur le mariage semblaient austères et nobles à la fois : la femme honorée veillant sur le foyer... Les mots du médecin cachaient pourtant une réflexion que le jeune homme ne saisissait pas tout à fait, mais qui le blessait. Ils avaient quelque chose de malsain, d'insensé et de mauvais, tout simplement.

« J'ai tout sauf envie d'un mariage comme celui-là ! se dit-il. Une femme enfermée à la maison avec ses enfants, ses amies et ses obligations... La camaraderie est essentielle dans un mariage ! »

Il s'agitait.

« Miss Napier... Un mariage comme celui-là ne lui conviendrait pas. »

Mrs. Lewis se leva et souhaita bonne nuit. Leatherby aborda encore certains cas avec Dennison, puis le jeune homme se retira à son tour. Mais il ne dormit pas bien cette nuit-là.

Le matin, avant le petit-déjeuner, il s'enferma dans le cabinet et téléphona au numéro obtenu par Miller. On l'informa que Mr Folyet avait déménagé un an plus tôt, sans laisser de nouvelle adresse. Dennison n'était ni surpris, ni trop déçu : il savait, au fond de lui, qu'il ne retrouverait pas la trace de Folyet si facilement.

Or, il perdait trop de temps et il devait à présent faire ce qui lui répugnait le plus. Il entra dans la salle à manger, où Miss Napier l'attendait, assise à table et, après les salutations d'usage, il lui demanda, avec désinvolture :

- Est-ce que vous savez par hasard où habite Folyet ?

Il avait préparé une brève explication pour justifier son intérêt. Mais il n'en eut pas besoin. Le comportement de la jeune fille l'étonna, le choqua. Le visage de Miss Napier blêmit. Elle le regarda un instant. Ses yeux exprimaient une peur non déguisée. Puis, avec un effort, elle lui sourit.

- Non, je ne sais pas.

Il ne la crut pas. Son sourire à lui seul la trahissait : figé, effrayé, incertain.

- Je dois savoir, lui répondit-il, les yeux rivés sur elle.

- Mais pourquoi ? Il... Je croyais que vous ne... l'aimiez pas. Il n'est pas le genre de personne que vous apprécieriez... Il... Il a semé la zizanie ici.

- Je dois le trouver.

Elle resta silencieuse un moment, puis le regarda.

- S'il vous plaît, non ! La vie est tellement plus belle sans lui. Ne réveillez pas le chat qui dort ! Ai-je bien préparé votre café hier ? Ou le préférez-vous avec un peu plus de lait ?

Il voyait à présent comment elle pouvait faire d'un

homme sa marionnette ; comment un homme serait prêt, même heureux, de fermer les yeux. Sa détresse le toucha. Elle était si adorable, les yeux troublés, le sourire incertain : difficile de ne pas lui céder... pour la rendre heureuse à nouveau.

Mais il n'allait même pas faire semblant de céder.

- Je suis désolé.

Il était désolé pour tout, désolé de la voir se murer dans le silence, mais il n'avait pas le temps d'approfondir ce problème. Un nombre inhabituel de patients attendait ce matin-là au cabinet, et il avait des visites prévues après le déjeuner – la dernière, en lointaine campagne. Le long trajet et la solitude tombaient à pic.

« Je pense que je vais engager l'un de ces détectives privés. Lui demander tout simplement de retrouver Folyet. Je n'aurai pas besoin de lui donner de raison. Ou, s'il le faut, je dirai... Eh bien, je dirai que Folyet me doit de l'argent. Et si je ne découvre rien qui cloche, ma curiosité n'aura nui à personne. Mais je dois savoir. Et maintenant ! »

Le patient qu'il devait retrouver après le déjeuner, un homme particulièrement difficile, monopolisa bien trop son attention. Qu'il obtint, d'ailleurs, car Dennison était très jeune et très sérieux ! La nuit était déjà tombée lorsqu'il quitta la ferme. Fatigué, il se sentait en quelque sorte vaincu par le vieil homme cynique. Dehors, de l'autre côté de la clôture élimée, la petite voiture attendait avec, à son bord, Ames en uniforme. Les phares perçaient l'obscurité d'une luminosité tamisée pleine de magie, conférant à ce moment une nature onirique. Il allait monter à bord et se faire conduire à la maison, comme un grand seigneur. Il enfilerait ensuite un veston de soirée et s'assiérait devant un repas savoureux...

Le souvenir d'autres crépuscules l'assaillit. Dennison se rappela tant de nuits pluvieuses, alors qu'il était bien plus fatigué que ce soir, avec la seule perspective d'un maigre repas dans une gargote, avant de retrouver une chambre chichement meublée. Il se demanda combien de temps il lui faudrait pour parvenir, par ses propres moyens, à son niveau de confort actuel. Combien d'années et d'années lui faudrait-il avant de posséder une voiture telle que celle-ci, une chambre, un repas tels que Leatherby lui offrait.

Calé sur la banquette arrière, il eut l'impression de ne pas avoir apprécié plus tôt la rapidité et le confort du trajet. Il pensa à sa chambre, à la lumière allumée, au fauteuil, au lit parfait, à la salle de bains somptueuse. Il pensa au dîner, qu'il mangeait avec de lourds couverts en argent, dans de la porcelaine délicate, au feu dans la bibliothèque, à Mrs. Lewis dans sa robe de soirée, à tout le charme, à toute la dignité d'une telle vie.

Il s'accrocha de tout son cœur à cette pensée.

« Vivre ainsi pendant un certain temps me fera le plus grand bien. J'en ai besoin. J'ai tant erré que je ne savais même pas ce que représentait ce style de vie. Je croyais que ça m'était égal. Que je pouvais me satisfaire d'une petite maison pas chère, de meubles pas chers, d'une vie pas chère. Il n'est pas normal qu'un homme se contente de si peu. »

Il ne s'en contenterait donc plus. Cette vie-là, voilà ce qu'il voulait. Il alluma une cigarette et soupira, soulagé. C'était si bon…

Son regard s'arrêta sur les épaules robustes de Ames, qui conduisait la voiture à travers l'obscurité du printemps. Qu'avait-il dit ? « Meurtre… » Ames avait prononcé ce mot.

« N'importe quoi ! »

Pour la première fois de sa vie, il ferma délibérément la porte de son esprit, refusa délibérément de voir ce qui demandait son attention.

« Vraiment n'importe quoi ! Il n'y a rien qui cloche ici. Comment serait-ce possible, avec des gens comme eux ? J'ai essayé d'en faire une montagne. Je ferais mieux de m'occuper de mes problèmes. »

De retour à la maison, il ne fut pas désolé de voir que Miss Napier était déjà partie. Pour une raison quelconque, il ne voulait pas tomber sur elle en ce moment. Il monta dans sa chambre, alluma la lumière et apprécia, une fois de plus, le délicieux confort et la tranquillité. Il avait le temps de fumer une pipe avant de s'habiller. Il s'assit dans le fauteuil et sortit, d'une de ses poches, sa blague à tabac en cuir.

Il remarqua alors une enveloppe sur la table, posée contre la lampe, devant lui. Il s'en empara, vit qu'elle lui était adressée et l'ouvrit.

« *Mon cher Dennison,*

« *L'enquête sur la mort de mon ami Manley aura lieu demain matin, à dix heures et demie. Ceci m'oblige à prendre le premier train, et vous aurez certainement remarqué que me lever tôt n'est pas mon fort. J'ai donc décidé d'aller en ville dès ce soir. Si vous avez besoin de moi, vous pouvez me joindre au* **Regal Hotel**.

« *J'aurais encore un petit service à vous demander. J'attends une patiente, ce soir, qui viendra chercher un tonifiant que j'ai préparé pour elle. Auriez-vous la gentillesse de vous rendre dans ma salle de consultation et d'y prendre le petit flacon ? Vous le trouverez dans le coffre-fort. Vous ne pouvez pas vous tromper, il n'y en a qu'un. La combinaison pour ouvrir le coffre-fort est la suivante : T-I-N-S-E-L*[5]. *Merci ensuite d'emballer le flacon dans du papier et de le remettre à Miller, qui le donnera à la patiente lorsqu'elle passera.*

« *Je serai à nouveau des vôtres demain, pour le dîner. Peut-être même pour le thé.*

« *Amicalement,*

« *Charles Leatherby* »

« C'est étrange… » pensa Dennison, en fixant la lettre.

---
5. Guirlande de Noël.

« Étrange... Conserver un flacon de tonifiant dans un coffre-fort. Et s'il veut que Miller l'ait, pourquoi ne pas le lui remettre en mains propres ? Non ! »

L'avait-on surveillé, Leatherby, pour l'empêcher d'accéder au coffre... ?

Cette pensée spontanée mit Dennison en colère. « Ça n'a pas de sens ! »

Il se leva sans plus attendre, sortit de sa chambre et s'élança dans le couloir, en direction de la salle de consultation. Toutes les portes étaient fermées, tout était calme. Quelqu'un l'observait-il ? Eh bien, qu'il l'observe !

Jusqu'à présent, il n'avait jeté qu'un regard furtif à cette salle de consultation, et il fut surpris en la découvrant : si sereine, si belle, remplie de petits objets que même un œil novice estimerait rares et exquis. Rien ne laissait supposer qu'un médecin y donnât ses consultations. Il n'y avait même pas un bureau ! Rien qu'une table marquetée avec un vase d'opale rempli de tulipes.

Il se dirigea droit vers le coffre-fort, le pas léger, parmi tous ces trésors, et composa le code. La porte épaisse s'ouvrit. Il y vit, sur un rayon, une petite fiole qu'il mit dans sa poche avant de refermer le coffre-fort.

Il sentit comme une grande réticence en quittant la pièce. Que venait-il de faire ? Que contenait le flacon ?

« Ce ne sont pas mes affaires ! »

De retour dans sa chambre, il revêtit son nouveau veston

de soirée et descendit à la bibliothèque. Elle était vide. Il s'occupa en examinant quelques livres de Leatherby. L'un deux, relié de cuir écarlate, doré sur tranche, attira son attention. Il le prit et en feuilleta les pages distraitement. Il contenait des images… mais quelles images ! Il le remit en place à la hâte et se sentit gêné d'avoir regardé pareilles choses.

« C'est probablement… une sorte de curiosité. »

- Bonsoir, docteur Dennison, déclara Mrs. Lewis d'une voix claire derrière lui.

Il la salua avec une certaine aisance, qu'il commençait à acquérir, mais aussi avec retenue car, à ses yeux, elle n'avait rien à faire dans la même pièce que ce livre obscène.

Ils prirent leur repas seuls. Silencieux au départ, perdu dans ses pensées, il vit, en relevant les yeux, que Mrs. Lewis le regardait étrangement, comme si elle l'implorait. De toute évidence, elle attendait qu'il parlât. Alors, pour lui faire plaisir, il essaya.

Les réponses à ses tentatives maladroites étaient presque attendrissantes. Elle excellait à ce jeu. Elle pouvait broder sur les remarques guindées de Dennison, lui poser des questions auxquelles il pouvait répondre, donner à leur discussion une charmante spontanéité.

Au début, il l'avait trouvée dédaigneuse, mais plus maintenant : ce qu'il avait pris pour du dédain n'était en fait que du chagrin. Elle était indifférente, dans ses manières, non pas par fierté, mais plutôt parce qu'un secret la préoccupait. Il la voyait fragile, effrayée, mélancolique.

« Elle s'inquiète pour son frère. Quoi d'autre ? »

Il n'était pas près de le découvrir. Ils retournèrent dans la bibliothèque pour prendre le café. Mrs. Lewis s'assit et alluma une cigarette. Elle se leva dès qu'elle l'eut terminée.

- Veuillez m'excuser… Je suis si fatiguée… Bonne nuit, Docteur Dennison.

- Bonne nuit !

Après son départ, il resta un moment debout devant la cheminée. Leatherby et sa conversation lui manquaient.

« Cette enquête sur Manley… » pensa-t-il.

Puis, avec impatience, il fronça les sourcils.

« Ce ne sont pas mes affaires ! »

Il alla dans le vestibule, les mains dans les poches, et y sentit le petit flacon. Il continua jusqu'au cabinet, s'assit au bureau, sortit la fiole de sa poche et la regarda. C'était une bouteille ordinaire de pharmacien, d'une demi-once[6], remplie d'un liquide vert clair. La couleur lui était étrangère. Il retira le bouchon de liège : l'odeur lui était étrangère. Il versa quelques gouttes sur le dos de sa main, dégusta : le goût lui était tout à fait étranger.

« Qu'est-ce que c'est ? Je connais assez bien la plupart des remèdes ordinaires. Mais ça… Pourquoi le conserver dans un coffre-fort ? Sans étiquette… Je ne comprends pas… »

---

6. Entre 12 et 16 grammes.

Il se pencha en arrière, sur sa chaise, et observa le flacon, les sourcils froncés.

« C'est étrange… Je n'aime pas ça… »

Il se fourra la tête entre les mains et demeura ainsi un moment. Ensuite, elles retombèrent, apathiques. Il releva le visage, un sourire aux lèvres.

« Après tout, qu'est-ce que ça change… ? Ce vert magnifique dans la lumière… Comme les mers du Nord, froides… »

Comme la mer au pied d'un iceberg. Il plongea son regard dans le liquide et y vit sur des kilomètres, claire comme le cristal, l'eau qui scintillait, telle une gemme capturant les rayons du soleil avec, au fond, les silhouettes minuscules de femmes aux cheveux flottants. Elles nageaient sans se presser.

« Les sirènes ! »

Une sensation d'extase le remplit.

« Je ne savais pas qu'elles existaient vraiment ! »

Il ne savait pas non plus que le monde recelait tant de merveilles. En levant les yeux, il plongea son regard dans le cœur de l'iceberg. Il y vit des lances de lumière dansante, rouge rubis, bleu saphir, vert intense et lumineux, si belles qu'il en eut les larmes aux yeux.

Une volée d'oiseaux roses traversa, en un flot infini, le ciel sans nuages. Leurs yeux ressemblaient à des joyaux. Il voulut les voir de plus près et s'éleva dans les airs sans effort. Le plaisir qu'il en retira, la légèreté exquise de son corps et de son âme, tout cela s'élevait dans le ciel pur... Il volait...

L'air doux soufflait sur son visage. Il sentit le véritable parfum du paradis, un parfum qui coulait dans ses veines comme un nouveau souffle de vie, puissant. Il ne s'était jamais senti aussi vivant, il ressentait une extase palpitant de joie et de puissance. Il s'éleva davantage, survola la mer.

Or, les oiseaux s'éloignaient. Il essaya de les rattraper. Il voulait toucher, même du bout des doigts, ces plumages roses et blancs, mais ils s'élevèrent davantage, et il ne parvenait pas à les suivre. Il pesait toujours plus lourd. Il les vit voler droit vers les portes dorées du soleil. Il lutta, angoissé, essoufflé. Les larmes coulaient sur son visage. Il s'agrippa aux nuages à plumes, qui se froissèrent dans ses mains. Il s'enfonça dans le ciel, devenu plus frais et gris. Son pied heurta la pointe de l'iceberg, et une douleur terrible le transperça. Il tombait, boitant et sans défense, sur la glace lisse, si froide...

Si froide... Il ouvrit les yeux. Il était toujours assis au bureau, la tête sur les bras, en proie à une angoisse abominable. Il referma les yeux, avec l'envie insoutenable de retrouver ces couleurs, ce parfum, cette lumière, cette joie pure. Mais tout avait disparu. Il ne restait rien d'autre qu'une noirceur monstrueuse, comme des corridors sans fin, au bout desquels tourbillonnaient de petites taches de lumière, frivoles et étouffées.

Il ouvrit les yeux, se redressa. Sa tête tournait.

« J'ai dû rêver. »

Avait-il déjà fait un rêve aussi radieux ? Des larmes coulaient encore sur son visage, le désespoir lui transperçait le cœur.

« Si seulement je pouvais retrouver ce rêve... »

À présent, le monde qui l'entourait n'était que poussière et cendre, gris et froid. Hormis ce rêve perdu, plus rien de beau ne subsistait.

Il reprenait peu à peu ses esprits.

« Qu'est-ce qui m'arrive ? Je ne me suis jamais endormi comme ça. Je n'ai jamais rêvé comme ça. »

Il regarda sa montre, la regarda encore, la fixa, de plus en plus consterné. Une heure d'écoulée ? Il était resté là à rêver pendant une heure ?

« Ça ne m'est jamais arrivé de toute ma vie. Je ne comprends pas... »

Il alluma une cigarette, mais le goût du tabac lui donna la nausée après l'indescriptible parfum et l'air pur de son rêve. Une vague de chagrin déferla sur lui. Il laissa retomber sa tête sur les bras, triste et désespéré, nostalgique à l'idée de son paradis perdu.

- Vous ne vous sentez pas bien, Monsieur ? murmura une voix dans son oreille.

Il fit un effort pour relever la tête et vit Miller, debout

à côté de lui.

- Non... Ce n'est rien...

- Dois-je vous accompagner à l'étage, Monsieur ?

Le visage du domestique semblait voilé par la brume, sa voix, distante. Dennison crut voir quelque chose bouger sur le bureau, ramper comme un serpent...

Des sensations étranges se produisaient en lui, comme s'il y avait deux Dennison : l'un, malade, secoué et confus, l'autre déterminé et strict, tentant de briser une chaîne d'acier. L'autre Dennison savait que c'était la main de Miller qui rampait sur le bureau et qui, furtive, cherchait quelque chose tandis que le domestique s'adressait avec respect au médecin.

- Arrêtez !

- Oui, Monsieur.

Mais ses doigts s'étaient déjà refermés sur le flacon au liquide vert.

- Reposez ça !

Dennison, désespéré, luttait dans le brouillard, contre sa terrible apathie, contre sa confusion. Son état s'améliorait.

- Excusez-moi, Monsieur, mais je crois que le docteur Leatherby aimerait que je donne ce remède à un patient...

- Reposez le flacon !

Personne ne devait toucher à la fiole. Pourquoi... ? Il ne pouvait expliquer pourquoi, mais il était certain qu'il n'allait pas tarder à le savoir. L'explication venait à lui...

Ça y est ! Son rêve était tout droit sorti de ce flacon... Un flacon au contenu des plus dangereux et des plus malfaisants.

- Reposez-le, ordonna-t-il.

- Excusez-moi, Monsieur. Ce sont les ordres du docteur Leatherby... J'ai peur que vous ne soyez pas vous-même, Monsieur.

Il y avait, dans la voix de Miller, un sarcasme évident. Le domestique s'empara du flacon et quitta la pièce. L'espace d'un instant, Dennison fut incapable de bouger. Ensuite, au prix d'un effort monstrueux, il sortit de sa léthargie, se leva, tituba et attrapa Miller par l'épaule.

Le domestique tenta de s'écarter, mais Dennison le retint rapidement.

- Donnez-le-moi !

- Non, cria Miller. Jamais !

Pris d'une colère soudaine, Dennison le frappa sauvagement. Il réussit son coup : Miller tomba en avant, le visage contre le sol, immobile. Dennison se baissa et saisit la fiole...

Au même moment, on sonna.

Chapitre neuf

« Mrs. Smith »

Avec précaution et une certaine délicatesse, Dennison empoigna les jambes molles de Miller, tira le domestique loin du seuil et ferma la porte derrière lui.

« Je ne peux pas recevoir de patient ici… maintenant… », réfléchit-il.

Il se croyait très raisonnable, sage et détaché. Il se sentit tout de même un peu secoué en traversant le couloir au point qu'il oublia d'allumer. De plus, il éprouva de grandes difficultés à ouvrir la porte.

- Oui ?

Une main agrippa sa manche, et une voix de femme, terriblement agitée, murmura :

- Je suis venue, Docteur ! Je suis venue… J'ai pris ma décision ! Donnez-le-moi !

Surpris, Dennison appuya sur l'interrupteur. La femme devant lui, blanche comme un linge, recula et le dévisagea.

- Mon Dieu... Je pensais...

Il la reconnut. Il l'avait vue quelques jours plut tôt, dans les escaliers, le visage baigné de larmes. Une femme sombre, très belle, très bien vêtue. Mais si pâle à présent, les yeux brillants et dilatés.

- Où est le docteur Leatherby ?

- Il est absent. Je m'occupe de ses patients. Puis-je... ?

- Il savait que j'allais venir ! l'interrompit-elle. A-t-il laissé... quelque chose pour moi ? Il me l'a promis ! Il savait...

« Alors c'est elle ! Elle vient pour ce flacon. Une drogue, c'est sûr... Mais quel effet... ! »

Une vague de nostalgie déferla sur lui, le besoin de retrouver son rêve. Le regard vide, il observa la femme. Ensuite, une fois la sensation estompée, il sentit un vent mordant s'engouffrer par la porte d'entrée : glacial, mais sain, dissipant le brouillard de la confusion.

« Grands dieux... C'est condamnable ! »

- Il y a un flacon pour moi, poursuivit la femme. Il me l'a promis... Pouvez-vous regarder, s'il vous plaît ? Regarder à l'étage, dans sa chambre ? Regarder partout... ?

- Est-ce... un médicament ?

- Oui ! Oui, bien sûr ! Allez-vous regarder ?

Dennison demeura silencieux. Il décida qu'il ne donnerait en aucun cas le liquide mystérieux, sans étiquette, à cette créature désespérée. Du moins pas avant de savoir de quoi il s'agissait au juste et pourquoi elle le voulait.

« Si seulement j'avais du temps pour réfléchir. C'est une lourde, très lourde responsabilité ! C'est peut-être un nouveau produit dont je n'ai jamais entendu parler, un remède, un palliatif ? La question est de savoir : ai-je le droit, si je ne sais pas… ? »

Mais il savait. Au fond de lui, il avait l'intime conviction que le liquide était dangereux et malsain. Il regarda de nouveau la femme.

- Je suis un médecin qualifié, expliqua-t-il, prudent. N'hésitez pas à me parler… Je peux peut-être vous aider. Ce remède… est-il pour vous ?

Elle le regarda. Ses yeux se rétrécirent. Dennison comprit alors l'expression de son visage : son cerveau, alerte et tourmenté, calculait. Elle l'étudiait : sa jeunesse, son manque d'expérience, son obstination. Fidèle à sa nature, il supporta cet examen avec fermeté. Qu'elle regarde ! Son cerveau à lui retrouvait de plus en plus ses esprits.

- Non, ce n'est pas pour moi.

Sa voix avait changé du tout au tout ; elle parlait à présent avec douceur et tristesse.

- C'est pour mon mari. Il souffre tellement… Si vous pouviez trouver ce que le docteur Leatherby a laissé pour moi…

- Je vais venir examiner votre mari.

- Non ! cria-t-elle.

Puis, avec un effort, elle reprit un ton plus aimable :

- Il va s'inquiéter de voir un nouveau visage. Le docteur Leatherby sait tout de lui. Le remède qu'il a laissé est la seule chose... s'il vous plaît, trouvez-le pour moi !

Supposons qu'elle dise la vérité... Supposons que ce flacon contienne un important remède, nécessaire à un homme souffrant...

Un homme souffrant... Un homme aux cheveux gris, gisant la face contre le sol.

« Est-ce que j'ai vraiment assommé Miller ? Ou ça aussi, je l'ai rêvé ? »

Il devait savoir sur-le-champ et ne perdit pas de temps à chercher une excuse plausible.

- Attendez-moi un instant, s'il vous plaît ! lui lança-t-il, assez poliment.

Il tourna les talons et laissa la femme devant la porte d'entrée, ouverte. Il avait une image désagréablement nette de Miller, mou et silencieux dans la lumière dégagée par la lampe...

Lorsqu'il ouvrit la porte, il trouva le cabinet vide, ordonné et paisible.

« J'ai dû... rêver. Ce n'est pas... »

- Docteur ! déclara la femme qui l'avait suivi. Donnez-le-moi, je vous en prie, et laissez-moi partir !

- Je ne peux pas. Vous comprenez, je ne sais pas ce qu'est ce médicament... Je dois voir le patient.

- Ne croyez-vous pas que le docteur Leatherby connaît son métier ? demanda-t-elle, en fronçant un peu les sourcils.

- Ce n'est pas ce que je veux dire. Mais le docteur Leatherby est absent, et le flacon n'a pas d'étiquette. Je ne prendrai pas la responsabilité de donner un remède dont je ne sais rien à un patient que je n'ai jamais vu. Si ça se trouve, ce remède n'est même pas destiné à votre mari. Je vais...

- Donc, vous l'avez ! l'interrompit-elle, retrouvant son sourire.

Il réalisa qu'il s'était trahi mais, après tout, peu lui importait. Elle n'aurait pas ce flacon.

- Vous feriez mieux de venir avec moi, lui lança-t-elle sèchement.

- Voir votre mari ?

- Oui. Peut-être que vous serez convaincu après l'avoir vu. Vous emportez le flacon, bien sûr.

- Où habitez-vous ?

- Ma voiture est dehors. Je vous y emmène et je vous reconduirai.

- Très bien.

Il hésita tout de même un moment. Il avait l'impression qu'il devait informer Miller de son départ, mais il rechignait à le voir maintenant. « Si je l'ai bel et bien assommé ! »

- Venez, s'il vous plaît.

Il sonna la clochette et attendit. Et si Miller ne répondait pas ?

- Vous avez sonné, Monsieur ? demanda Miller, aimable, depuis le pas de la porte.

Dennison le regarda mais ne découvrit rien d'étrange dans son apparence : un homme âgé aux épaules étroites, le visage pâle et sans expression.

- Je sors voir un patient, Miller.

Puis, se tournant vers la femme :

- Quel est le nom et l'adresse, s'il vous plaît, que l'on puisse me joindre ?

- Mrs. Smith[7], déclara-t-elle, sans essayer de rendre son mensonge convaincant. Sur Main Street.

« Très bien, se dit-il. Mais j'en saurai plus avant d'en avoir terminé. »

Il gagna le couloir pour récupérer son chapeau, son manteau puis sourit. Cette étrange affaire prenait une allure de défi, qu'il acceptait de relever avec une sombre satisfaction.

Il venait d'empoigner son sac quand un son l'arrêta. Il se tint immobile, les oreilles à l'affût, mais n'entendit rien de plus. Il n'était pas certain d'avoir vraiment entendu un murmure provenant du cabinet.

---

7. Smith est l'équivalent de Dupont ou Dubois, en français, soit l'un des noms les plus communs de la langue anglaise.

Il entra rapidement dans la pièce sans faire de bruit, mais la femme y était seule ; elle contemplait son reflet dans le miroir d'un nécessaire de maquillage.

- Je suis prêt.

Elle le devança, le frôla, sortit du cabinet, emprunta le couloir et ouvrit la porte. Un vent mordant soufflait ce soir-là. Il la suivit le long du chemin. Un léger frisson le parcourut.

La voiture attendait devant le portail. Elle monta à bord sans un mot. Il monta à ses côtés, et elle démarra d'un coup. Elle conduisait fort bien. Les mains fermes sur le volant, elle ne se tournait jamais dans sa direction, ne prononçait pas un mot. Dennison, silencieux lui aussi, essayait de reconnaître le chemin.

Ils traversèrent Shayne, passèrent la gare : jusque-là, le chemin lui était familier. Mais ensuite, il se sentit perdu. Ils enchaînèrent les routes de campagne, sombres, traversèrent deux fois les voies ferrées, roulèrent un moment sur un large boulevard vide, bien illuminé et bordé d'arbres. À présent, il ne savait pas dans quelle direction ils allaient. L'obscurité l'empêchait de voir le moindre détail qui aurait pu lui servir de repère.

Après un trajet de près de trois quarts d'heure, ils s'engagèrent dans une allée et s'arrêtèrent devant une grande demeure aux vitres illuminées. La femme descendit en silence, monta les marches de la terrasse, sortit une clé de sa poche, ouvrit la porte.

« Pas de domestiques ici ? »

La maison était tout éclairée. Bien que richement meublée et chaleureuse, Dennison en sentit la désolation dès la seconde où il eut franchi le seuil.

- Ici ! ordonna-t-elle, en pointant une porte. Attendez ici !

La charmante petite pièce contenait une harpe et un violoncelle dans son étui. Or, elle ne charma pas Dennison. Il se tint à quelques pas de la porte, le chapeau dans une main, son sac, dans l'autre, le manteau usé encore boutonné. Il attendit, les yeux fixés sur le vestibule où la femme avait disparu.

Il n'entendit aucun bruit de pas sur l'épais tapis, ni aucun autre son d'ailleurs, jusqu'au moment où elle parla dans son dos. Il se retourna et vit qu'elle était entrée par une porte cachée derrière un rideau, à l'autre extrémité de la pièce.

- Vous ne m'avez pas donné votre nom, il me semble, déclara-t-elle en souriant.

- Dennison.

- Docteur Dennison. J'admire votre méticulosité. Vous voulez vous assurer que ce remède est vraiment destiné à mon mari. Si je vous payais ce flacon, vous comprendriez alors que je suis convaincue qu'il s'agit du bon médicament.

Elle sortit un rouleau de billets.

- Voici cent dollars. Non ! Ne croyez pas que j'essaie de vous soudoyer, déclara-t-elle en souriant encore. J'essaie simplement de vous convaincre. Je *sais* que ce remède m'est destiné. Je ne serais pas prête à donner autant d'argent dans le cas contraire, n'est-ce pas ?

- Je suis désolé.

- Vous voulez dire que vous n'allez pas me le donner ?

- J'aimerais voir le patient d'abord.

- Vous allez seulement le déranger...

- Alors laissez-moi parler à son infirmière, s'il vous plaît.

Elle s'approcha.

- Docteur Dennison. Je vous offre mille dollars pour ce flacon.

- Il n'est pas à vendre.

- Cinq mille dollars. Maintenant, en espèces.

- Je suis désolé, mais je ne peux pas vous le donner.

Elle attrapa son bras.

- Je vous donnerai tout ce que j'ai, s'écria-t-elle. Dix mille... Vingt mille... Tous mes bijoux. Voyez !

Elle retira deux de ses bagues, les jeta sur la table et, de ses doigts tremblants, essaya de détacher son collier de perles.

- Non, ça ne sert à rien.

Il avait déjà observé cette excitation, ce passage

soudain de la menace à la cajolerie. Il avait déjà observé ce désespoir... chez les toxicomanes. Il avait pitié d'elle.

- Mrs. Smith. Vous... Vous n'allez pas très bien, vous êtes un peu agitée. Je veux bien vous faire une injection hypodermique pour calmer vos nerfs...

Les yeux de Mrs. Smith se dilatèrent. Elle le regarda avec un large sourire – un peu forcé cette fois.

- Je... commença-t-elle. Non... Peut-être, après tout... Mieux vaut que vous voyiez le patient. Attendez, s'il vous plaît.

Une fois encore, elle quitta la pièce et le laissa seul, près de la table, à regarder le petit tas scintillant de bijoux et le rouleau de billets.

« Pauvre diable ! Pauvre diable ! C'est un crime... C'est condamnable... »

Un frisson courut le long de sa colonne vertébrale, comme un filet d'eau glacée. Ses cheveux se hérissèrent. Derrière lui, il entendit un son qui ne ressemblait en rien à ce qu'il avait pu entendre jusqu'à présent. Un son sans nom. On aurait juré un cri émis après un effort terrifiant, mais étouffé jusqu'à devenir un grognement inhumain, bestial.

Il se tourna, raide. Le son provenait de derrière les rideaux qui masquaient la porte par laquelle la femme était entrée. Elle devait ouvrir sur une pièce qui cachait quelqu'un… quelque chose…

Le son étouffé, atroce, retentit une fois de plus. Dennison inspira longuement et s'avança d'un pas.

- Arrêtez ! cria la femme derrière lui.

Mais il fallait qu'il voie. Il avança, écarta les rideaux. Là, sur un canapé, pieds et poings liés, la bouche bâillonnée, gisait Folyet. Pendant un instant, Dennison plongea son regard dans ses yeux sombres. Puis, quelque chose le frappa derrière la tête, et il s'écroula comme une masse.

Chapitre dix

Vide – mais pas tout à fait…

Il ouvrit les yeux. Il les savait ouverts. Pourtant, il ne voyait rien de rien. Devant lui, un noir insupportable. Il leva une main tremblante, la tint devant ses yeux, mais ne vit toujours rien.

« Je suis… aveugle ? »

Sa tête lui faisait un mal de chien. Il se sentait nauséeux, faible, sans défense. Horrifié par cette obscurité. Il bougea non sans prudence. Il comprit qu'il était assis, la tête posée contre le coin de quelque chose. Mais quoi ? Il leva le bras avec un grand effort, ses doigts touchèrent un plafond. Un plafond au-dessus de lui, un mur d'un côté… Il étendit le bras de l'autre côté, sentit un autre mur. Il était dans une boîte… Une boîte… Un cercueil ?

Des gouttes de sueur froide perlèrent sur son front. Il ouvrit la main d'un coup, et ses doigts heurtèrent le verre lisse.

« Voyons voir ! Reste calme. Tu n'es pas mort. Si tu es enfermé dans... quelque chose, tu peux en sortir. Si tu restes calme. »

Il essaya de se lever, mais sa tête heurta le plafond. Il s'effondra à nouveau, à demi évanoui de douleur. Enfermé, sans défense, dans la plus profonde obscurité, il n'avait pas de place pour bouger...

« Tiens bon ! Reste calme ! Laisse-moi réfléchir... Si seulement j'avais de la lumière... »

Il plongea la main dans sa poche et y trouva ses allumettes, sa pipe, son stylo-plume, de vieux objets familiers qui lui procurèrent une sensation de soulagement. Il gratta une allumette... Il découvrit la réalité et pouffa de rire.

Sa boîte, son cercueil, n'était rien d'autre que l'habitacle d'une petite voiture verrouillée.

Il gratta une autre allumette et chercha les poignées. Disparues...

« Très bien. Restent des tas de vitres. »

Elles étaient si bien fermées qu'il ne pouvait pas les bouger. Il serra le poing et frappa la plus proche. Or, le verre était épais, et lui, faible, à présent. Il ne réussit qu'à se faire saigner.

« Peu importe, je vais sortir ! J'ai besoin d'air. »

Une espèce de folie s'empara de lui. Un besoin sauvage

et désespéré de respirer l'air frais. Mais il le réfréna, réfréna le vertige et la nausée qui l'assaillaient. Il attendit un moment, les yeux clos, jusqu'à ce que son cœur eut repris son rythme normal.

« Maintenant, voyons voir... »

Il ne pouvait pas briser le verre épais avec ses poings, ni avec sa pipe ou son stylo-plume.

« Avec mes pieds alors. »

Et il se coucha sur le siège.

Le premier coup, mal dirigé, frappa l'aile de la voiture, mais le deuxième percuta la fenêtre. De toutes ses forces, Dennison frappa une troisième fois et brisa la vitre, enfin. Il l'entendit se fracasser sur une surface dure. Ensuite, il retira une chaussure et s'en servit pour éliminer les débris de verre du cadre dentelé[8].

Après quoi il dut se reposer. Il comprit ensuite que ses épaules ne passeraient pas à travers le cadre, trop petit.

- Peu importe, je vais sortir ! s'exclama-t-il.

Il posa une jambe sur le rebord, tâtonna jusqu'à ce que son pied eut atteint le marchepied. Puis il sortit l'autre jambe. Penché de la sorte, la tête et les épaules encore à l'intérieur, il sentit une salve de douleur éclater dans son crâne. Il serra les dents et lutta.

Dans un effort lent et atroce, il pivota ses épaules dans

---

8. Le verre « laminé », découvert en 1903, ne fut breveté que sept ans plus tard, sous le nom de « securit ». À l'époque du roman, son emploi n'était pas encore généralisé. Dennison a eu la mauvaise surprise de se retrouver dans une voiture au verre simple – d'où les éclats et les coupures.

l'ouverture étroite. Des morceaux de verre encore accrochés au cadre lacérèrent son visage. Avec calme et patience, il se tourna sur le côté pour dégager un bras, la tête, puis l'autre bras. Il se laissa ensuite glisser et retomber sur le marchepied, à demi conscient.

Quand il retrouva ses esprits, il gratta une nouvelle allumette et découvrit qu'il se tenait dans un garage en ciment. Il aperçut l'interrupteur d'une lampe électrique. Une autre allumette lui permit de tituber jusqu'à lui.

La lumière inonda la pièce et lui procura un immense soulagement. Il n'avait plus l'impression de lutter dans un rêve affreux. Tout était parfaitement réel et compréhensible. Il se trouvait dans un garage, enfermé, sans plus : doubles portes verrouillées, fenêtre aussi, mais, elle, de l'intérieur. Il repoussa le verrou et ouvrit. L'air frais souffla sur son visage. Un air merveilleusement frais et pur. La légère bruine qui tombait le rafraîchit au plus haut point. Il se pencha vers l'extérieur. La pluie humidifia sa tête lancinante, et il inspira goulûment le parfum de cette nuit printanière humide. Il pouvait réfléchir à présent.

« Quelqu'un m'a assommé. Juste au moment où j'ai vu Folyet. C'était... c'était bien réel, non ? »

Il savait que c'était réel, mais le souvenir des yeux sombres de Folyet lui parut un rêve. Il se passa une main sur la tête et sentit ses cheveux durcis par le sang.

« C'était elle ? Mrs. Smith... ? »

Il n'avait pas les idées claires. Pourtant, un sentiment d'urgence le rattrapa, l'impression d'une grande et pressante responsabilité.

« Je dois trouver Folyet. »

Comme s'il n'y avait pas suffisamment pensé ces derniers jours !

« Je ne peux pas le laisser ici, comme ça. »

Il n'éprouva guère de difficulté à sortir par la fenêtre du garage, mais il avait du mal à tenir sur ses pieds. Où était-il ? Où devait-il aller ? Il ne voyait rien devant lui, hormis une clairière bordée de jeunes arbres, visible dans la lumière qui émanait de la fenêtre. Derrière ce halo, l'obscurité la plus totale.

« Il doit y avoir une route devant le garage. »

Prenant appui contre le mur, il avança et tourna au coin du hangar. Il faisait sombre, mais ses yeux, accoutumés à l'obscurité, discernèrent une allée de gravier. Encore sous le choc, il avait du mal à marcher... Une route devait forcément mener quelque part... Et l'air frais le revigorait.

Il vit alors une lueur à travers les arbres. Qui dit lumière, dit être humain (peut-être) : il pourrait y demander un verre de brandy, une tasse de café, ou n'importe quel vivifiant. Il avança et, tournant dans l'allée, se retrouva face à une grande maison illuminée.

« Retour à la case départ », pensa-t-il.

Et il s'arrêta.

Peut-être n'était-il pas raisonnable de retourner dans l'antre de la bête, de demander de l'aide à ceux qui l'avaient assommé.

« Mais Folyet est là, ligoté... Je ne peux pas le laisser comme ça. »

Il s'appuya contre un arbre et essaya de rassembler ses idées confuses.

« Je ferais mieux d'appeler la police. Il y avait peut-être un téléphone dans le garage... Je n'ai pas fait attention... Je ne peux pas revenir en arrière... Pas maintenant... Mieux vaut avancer que reculer. »

Plus tard, il ne se souviendrait jamais de ses intentions, de ce qu'il avait imaginé entreprendre seul, blessé, désarmé. Trouver Folyet ! Telle était la seule idée précise qui résonnait alors dans son esprit – il le savait depuis longtemps.

Il ne tenta même pas de se montrer discret. Il s'avança dans le rai de lumière qui émanait des fenêtres et, raide, empoté par la faiblesse, il gravit les marches de la terrasse. Il trébucha contre un fauteuil en osier et dut s'arrêter un moment pour se reprendre. Il continua son chemin et sonna.

Il entendit la sonnette retentir à l'intérieur, mais personne ne vint lui ouvrir. Étrange, non ? Une maison si éclairée et pourtant si silencieuse.

Il appuya sur la poignée ; c'était ouvert. Il entra, referma la porte derrière lui et s'y adossa, étourdi par la lumière. Alors qu'il allait bouger, il entendit un son : une porte se refermait en douceur à l'étage. Ensuite, des pas.

Il avança jusqu'au bas de l'escalier et regarda vers le haut. Il grimaça à la vue des marches, qui lui semblaient interminables.

« Difficile… de monter tout ça… » grommela-t-il

Il posa le pied sur la première marche. Les pas se rapprochèrent. Il leva les yeux : Hilda Napier ! Il vit, pour ne plus jamais l'oublier, son regard empreint de terreur.

Elle cria. Un cri qui transperça la tête de Dennison et provoqua une douleur insoutenable. Elle lâcha l'objet qu'elle tenait dans les mains et qui roula jusqu'au bas des marches.

En un éclair, faiblesse et confusion abandonnèrent Dennison. Il se redressa, la regarda avec un air à la fois sévère et surpris.

Elle descendit les escaliers en courant.

- Oh, mais que vous est-il arrivé ? s'écria-t-elle.

- Rien. Peu importe. Où est Folyet ?

- Folyet ?

Elle se tenait à présent sur la deuxième marche, la tête légèrement au-dessus de celle de Dennison – une vue qui lui coupa presque le souffle tant il avait mal. Elle était si mignonne, si pâle, les beaux cheveux en désordre… si coupable… Il y avait une terreur indicible dans ses yeux.

- Mais que vous est-il arrivé ? cria-t-elle encore.

- Peu importe. Où est Folyet ?

- Il n'est pas ici…

- Je l'ai vu ici !

- Alors il est… parti. Docteur Dennison, laissez-moi vous soigner. Vous êtes blessé !

- Je m'en remettrai, rétorqua-t-il. Mais je dois trouver Folyet…

- Il n'est pas là, Docteur Dennison. Je vous jure qu'il n'est pas là.

- Désolé, mais je dois voir par moi-même.

- Laissez-moi d'abord vous soigner. Ces coupures…

Il vit les larmes lui monter aux yeux.

- Que faites-vous ici ? cria-t-il, angoissé. Allez-vous m'expliquer ?

Une fois encore, une ombre voila le visage de l'infirmière.

- J'ai… J'ai appris que Mrs. Smith était malade… Et je suis venue.

Son regard fixe ne quitta jamais Miss Napier – qui détourna le sien.

- Elle est… très malade. Une infirmière est avec elle maintenant.

- Maintenant ?

« Une infirmière qui ne s'est pas manifestée après un

tel cri ? » se demanda-t-il.

- Oui. Je n'ai donc rien à faire ici. J'allais rentrer à la maison. M'accompagnez-vous, Docteur Dennison ?

- Mrs. Smith a-t-elle vu un médecin ?

- Oh, oui. Le docteur Leatherby est venu...

- Il est venu ici, ce soir ?

- Oui. Miller l'a appelé en ville, alors il est venu. Il a prévenu Miss Horton, de l'hôpital, puis a demandé au docteur Peters de passer demain matin.

Elle essayait d'adopter un ton badin et souriait. Tentative lamentable... À la vue de ce sourire terriblement inquiet, quelque chose envahit Dennison : un brouillard enveloppant, qui le glaça jusqu'à la moelle. Elle lui cachait quelque chose, il le *savait*. Elle essayait de masquer, dans ses yeux et dans sa voix, quelque chose qu'il ne devait pas voir.

- Et Folyet ?

- Je ne sais rien à son sujet. Je ne l'ai pas vu. Il n'est pas là, Docteur Dennison. M'accompagnerez-vous à la maison, s'il vous plaît ? Me laisserez-vous soigner ces coupures ?

- Je ne peux pas partir... maintenant.

Elle demeura silencieuse un instant et finit par déclarer :

- Docteur Dennison, si je vous demande... comme faveur... de partir avec moi maintenant ? Si... je vous donne ma parole qu'il n'y a rien que vous puissiez faire ici... ?

Il ne supportait pas de la regarder.

- Je suis désolé...

- Vous *ne venez pas* ?

- Je ne peux pas. J'ai vu Folyet ici...

- Où ?

- Dans une chambre, derrière la salle de musique.

- Alors, allons-y et jetons-y un coup d'œil. Si vous voyez qu'il n'y est pas, vous partirez avec moi, d'accord ?

- Non.

- Allons voir, ajouta-t-elle, avec un pitoyable effort pour feindre la gaieté. Puis-je passer ?

Il s'écarta, et elle le devança. Soudain, elle se baissa. Il l'imita et attrapa son poignet.

- Non !

Elle se redressa. Leurs regards se croisèrent.

- S'il vous plaît... murmura-t-elle.

Il ne répondit pas. Il se contenta de regarder l'objet qu'elle venait de lâcher et qui avait roulé au bas de l'escalier. Il le connaissait bien. C'était le flacon en échange duquel Mrs. Smith lui avait offert une si grande somme... Vide.

- C'est... c'est à moi, lança-t-elle.

Il lâcha son poignet.

- D'accord. Alors prenez-le.

Chapitre onze

La maison illuminée

Il la regarda ramasser le flacon, il la regarda le ranger dans sa blouse. Il savait qu'elle ne dirait rien. Quant à lui, il ne lui demanderait rien non plus. Sans un mot, il tourna les talons et se dirigea vers la salle de musique.

Elle était vide, parfaitement rangée et paisible. Il traversa la pièce, écarta les rideaux et regarda dans la chambre où il avait vu Folyet. Elle était vide aussi.

- Vous voyez ? Maintenant, allons-nous-en, voulez-vous ?

Il secoua la tête. Il retourna dans le couloir et entra dans la chambre suivante : un charmant salon spacieux, des plus illuminés. Et vide. Il se rendit ensuite dans la salle à manger, où les restes d'un repas occupaient une extrémité de la table polie. Vide aussi. La cuisine, propre comme un sou neuf : vide. Le garde-manger et les placards : vides.

Il revint vers l'escalier mais, avant même de l'atteindre,

la jeune fille le devança et lui barra la route.

- Vous... vous n'avez rien à faire là-haut, s'il vous plaît ! Mrs. Smith se... repose. Vous... vous ne pouvez pas la déranger. Une infirmière est avec elle...

- Je veux juste discuter avec l'infirmière.

- Non ! Non, Docteur Dennison ! Vous... vous n'avez pas le droit... Non ! S'il vous plaît !

- Je monte, que vous le vouliez ou non.

- Je vous en prie !

- Pourquoi ?

- Parce que... vous allez la déranger. Parce que... parce qu'elle se repose. Je... Docteur Dennison ! Vous ne voulez pas me faire confiance ?

- Désolé, répondit-il, non sans douceur, mais je ne peux pas.

- Vous ne pouvez pas ?

- Non.

Il parla lentement, soucieux de ne laisser aucune place au malentendu.

- Je pense que vous vous trompez de chemin...

- Vous faites erreur ! l'interrompit-elle avec véhémence. Je ne suis aucun chemin, seulement mes intuitions. Je suis responsable de mes actes... entièrement responsable. Si vous voulez mon bien, je vous demande de partir avec moi maintenant. Je pensais...

Elle s'interrompit tout d'un coup, mais elle en avait

déjà trop dit. Elle pensait que, ce qu'elle demanderait, il le ferait, pour elle.

Il sut alors avec quelle perfection elle exerçait son pouvoir. Il comprit qu'un homme eût été fier de mettre sa vie au service de la jeunesse, de la beauté touchante et du courage de Miss Napier. En regardant son jeune visage, usé à présent, il fut pris d'une telle pitié et d'une telle tendresse qu'il ne put prononcer un seul mot.

De toute façon, qu'avait-il à dire ? Il ne *pouvait pas faire* ce qu'elle lui demandait. Quelque chose ne tournait vraiment pas rond dans cette maison illuminée. Il ne pouvait tout simplement pas l'ignorer.

Elle lut cette résolution sur le visage de Dennison et s'écarta.

- Je suis désolé, répéta-t-il.

Elle ne répondit pas. À mi-chemin des escaliers, il se tourna pour voir si elle le suivait, mais elle était adossée au mur, dans le vestibule, les mains sur le visage, comme en proie au désespoir le plus complet.

Le couloir du haut, illuminé aussi, comportait une rangée de portes fermées. Il frappa à la première et, n'obtenant aucune réponse, l'ouvrit, puis entra. Il avança d'un pas... et se retrouva face à une silhouette épouvantable, à un visage effrayant recouvert de sang, le regard fixe et hébété.

- Arrêtez ! cria-t-il, menaçant.

La silhouette ne bougea pas d'un pouce. Il comprit alors qu'il avait vu son propre reflet dans un miroir.

« Ça ne va pas ! »

S'il tombait sur Mrs. Smith, ou quelqu'un d'autre dans la maison, il ne pouvait pas se présenter dans pareil état. La chambre donnait sur une salle de bains : il y entra, se lava le visage, les mains et nettoya les coupures qui saignaient toujours.

Ensuite, il retourna vers le miroir de la coiffeuse, attrapa une brosse et coiffa ses cheveux ébouriffés. Son col n'avait plus de forme, mais il refit tout de même son nœud de cravate et, une fois de plus, essuya le sang qui suintait de ses coupures.

« Je ne peux pas faire mieux. »

Une impulsion toute mécanique lui fit ouvrir le tiroir du haut. Il avait vraiment besoin d'un mouchoir propre et, d'habitude, les mouchoirs se rangeaient dans le tiroir du haut. L'habitude lui donna raison : le tiroir regorgeait de mouchoirs. Il en prit un et le secoua pour le déplier. Alors il put lire, écrites à l'encre sur le bord du tissu, les lettres : J. Folyet !

Quel choc ! C'était comme si, jusqu'à présent, il avait espéré faire un rêve à demi éveillé. Or, à cet instant précis, il comprit que ce rêve était bien la réalité : Folyet était venu ici.

Il se précipita dans le couloir, entra dans la chambre suivante, puis une autre : rien que des pièces joliment meublées, éclairées par des lampes aux doux reflets, des pièces bien rangées, bien vides ! Toutes dégageaient cette atmosphère étrange et impersonnelle propre aux chambres d'hôtel. Elles ne contenaient aucune de ces babioles qui trahissent l'occupation. Il frappa à toutes les portes et n'obtint jamais de réponse, n'entendit aucun son.

Il frappa à la quatrième porte sans espérer de réponse. D'ailleurs, il n'en obtint aucune. Il tourna la poignée et, à sa grande surprise, découvrit une pièce sombre – une terrible obscurité, un terrible silence et le vent de la nuit qui s'engouffrait par la fenêtre ouverte.

Il gratta une allumette et vit l'interrupteur à côté de la porte. Il l'alluma, et une faible lueur apparut.

Il vit une infirmière, dans un uniforme blanc, assise sur une chaise, les mains croisées sur les genoux. Elle ne bougeait pas. Elle restait assise là, on ne peut plus indifférente à la lumière comme à l'obscurité. Il s'avança vers elle et remarqua qu'elle respirait calmement. Il toucha son épaule, mais elle ne bougea pas.

- Infirmière ! appela-t-il.

Le son de sa voix ne la perturba pas. Elle restait assise, les mains croisées sur les genoux. D'ailleurs, le son de sa voix ne troubla pas davantage la femme qui gisait sur le lit.

« Mrs. Smith » reposait dans une sorte de grâce innocente, les cheveux sombres flottant sur le coussin, un petit sourire figé sur les lèvres. Il toucha sa main. Elle était froide – et son cœur avait cessé de battre.

Dennison vit, sur la table, une carafe d'eau glacée. Il y trempa une serviette et tamponna le visage de l'infirmière. Elle soupira et remua. Il pressa la serviette humide contre son visage puis sur sa nuque : elle cligna des paupières et le regarda, les yeux vagues.

- Infirmière !

Elle se réveillait.

- Quoi… ? Je… Je me suis endormie… ?

Dennison ne répondit pas, et son silence effraya l'infirmière. L'espace d'un instant, elle resta à le fixer, à fixer son visage pâle et sanguinolent.

- Qu'est-ce que… ?

- Votre patiente est morte.

Elle était assez réveillée à présent pour que la terreur la frappât. Elle sauta sur ses pieds et courut au chevet de sa patiente. Ensuite, elle se tourna vers Dennison, blanche comme un linge.

- Je ne savais pas… Je ne savais pas… Êtes-vous… de la famille ?

- Je suis médecin.

- Oh ! Oh, Docteur ! Cela ne m'est *jamais* arrivé avant ! Je ne sais pas comment c'est possible… Je… je me suis seulement assoupie… Mon passé parle pour moi…

- Qui est chargé du cas ?

- C'était la patiente du docteur Leatherby. Il m'a

appelée, mais il a dû quitter la ville. Le docteur Peters est attendu ce matin.

- Appelez le docteur Peters.

Elle se dirigea vers le téléphone posé sur un bureau, dans le coin de la pièce, et demanda un numéro.

- Docteur Peters ? Miss Horton à l'appareil… La patiente du docteur Leatherby a cessé de respirer… Oui, Docteur.

Elle raccrocha et se tint devant Dennison, très droite, mais la lèvre tremblante.

- Asseyez-vous, lui demanda-t-il. Les domestiques ?
- Il n'y en a pas, Docteur. Mrs. Smith était en route pour Asheville. Elle s'est seulement arrêtée ici, cette nuit.
- Vous voulez dire qu'elle était seule dans la maison ?
- Oui, Docteur. Elle m'a confié qu'elle ne comptait pas dormir ici cette nuit. Elle voulait seulement récupérer quelques affaires. Mais elle a eu une crise cardiaque. Elle était couchée à mon arrivée, elle avait l'air vraiment mal. Le docteur Leatherby m'a mise en garde.

La voix de l'infirmière tremblait :

- Il a expliqué qu'elle pouvait mourir d'un coup ou que son état pouvait s'améliorer. D'après lui, il n'y avait rien à faire, à part lui administrer un stimulant si son état se détériorait et appeler le docteur Peters. Oh, Docteur ! Je ne *sais* pas comment j'ai pu m'endormir ! Je n'ai jamais…
- Ne vous inquiétez pas, répondit-il, sans rudesse. À quelle heure êtes-vous arrivée ?

- Vers vingt-trois heures trente.

Il regarda sa montre : il était un peu plus de trois heures.

- Qui d'autre est venu ici ce soir ?
- Le docteur Leatherby seulement.
- Personne d'autre ? Vous êtes sûre ?
- J'en suis sûre, Docteur. Et je suis *sûre* que je n'ai pas dormi longtemps. Je n'ai jamais…
- Très bien. Quand le docteur Leatherby est-il parti ?
- Quelques minutes après mon arrivée. Il avait l'air pressé. Il était juste passé me donner ses instructions. Il semblait ennuyé que la patiente ne veuille pas aller à l'hôpital. Je… Je suis sûre que je n'ai pas fermé les yeux longtemps…
- Elle est morte depuis peu. Pas plus d'une heure. Vous pourrez le dire au docteur Peters.
- Vous ne l'attendez pas, Docteur ?
- Je ne sais pas.

Elle le fixa, prenant conscience de l'apparence étrange de Dennison.

- Docteur, vous êtes blessé !
- Un accident. Un accident de voiture.

Il tourna les talons, sortit de la chambre et descendit l'escalier. Une fois de plus, il traversa cette maison des plus illuminées. Une fois de plus, il ne trouva personne. Hilda Napier était partie.

Chapitre douze

Ce que vit le docteur Peters

Dennison faisait les cent pas dans le vestibule comme un lion en cage, comme survolté.

Il était bien en cage... Et il était survolté.

« Non ! Je ne sais rien du tout. Je ne saurai pas. Je... Je me lave les mains de toute cette histoire. »

Il se souvint alors que quelqu'un avait déjà prononcé cette phrase des siècles avant lui, quelqu'un qui s'était lavé les mains de toute responsabilité... et qui avait fini maudit.

Un homme peut se battre dans le mauvais camp mais rester honnête. Par contre, un homme qui ne prend aucun parti, qui ne porte aucun coup devient méprisable. Dennison était né partisan et combattant. Ses ancêtres avaient péri stoïquement pour souligner leur sombre destin : comment, lui, pourrait-il fermer les yeux et s'effacer ?

Quel camp choisir alors ?

« On a drogué l'infirmière. Elle ne sait pas ce qui s'est passé, ni qui est entré dans la chambre. Mrs. Smith était à peine froide et… inutile d'ignorer certains faits… Je n'ai vu personne dans la maison, à part Hilda. Elle tenait le flacon… vide. »

Il aurait pu gémir à haute voix tant il souffrait.

« Si elle avait eu confiance en moi, si elle m'avait tout avoué… J'aurais pu l'aider. Mais maintenant… »

À présent, comment allait-il l'aider ? Le docteur Peters était en route, et il comprendrait : l'infirmière droguée, la patiente décédée.

« Elle n'a pas voulu me faire confiance. Elle a récupéré le flacon pour que personne ne sache. Elle a essayé de me tenir à l'écart de la chambre. Si elle avait réussi, personne ne se serait douté de rien. À son réveil, l'infirmière, pensant qu'elle s'était seulement assoupie, n'aurait rien dit dans son propre intérêt. Quant à Mrs. Smith, elle aurait tout simplement succombé à une… crise cardiaque. »

Comme Manley.

Au vu des circonstances, impossible de savoir si Mrs. Smith avait péri de mort naturelle ou non. Sans savoir que l'infirmière avait été droguée, sans connaître l'existence du flacon, sans être au fait des causes, similaires, de la mort de Manley…

« Leatherby est venu ce soir. »

Et alors ?

« Aucune raison de croire que le liquide contenu dans le flacon était... du poison. Il a peut-être seulement servi à droguer l'infirmière pour que quelqu'un puisse... commettre un vol. Pourquoi Mrs. Smith n'aurait-elle pas pu mourir d'une crise cardiaque ? »

Il avait envie d'y croire.

« Ç'aurait pu être aussi simple que ça. Quelqu'un a drogué l'infirmière pour mettre la main sur... sur des documents très importants. »

Le crime devenait moins effrayant. Même si Hilda Napier en était l'auteur... Hilda, qui se faufile dans une chambre où gît une mourante, drogue l'infirmière, s'empare de ce qui l'intéresse, sort de la pièce et laisse la patiente mourir, sans surveillance... ?

« Non, impossible ! Elle ne pourrait pas faire ça. Ce n'est pas son genre. »

Un suicide, alors ? Et si Mrs. Smith s'était tuée ? Quels arguments contredisaient cette théorie ?

Une candidate au suicide qui demande docteur et infirmière ? Si elle avait voulu mettre fin à ses jours, si le contenu de la fiole pouvait la tuer, elle aurait pu se contenter de l'avaler tout de suite, dans la salle de musique, après avoir assommé Dennison.

Qui l'avait frappé, d'ailleurs ? À ses yeux, comment une femme aurait-elle eu suffisamment de force pour assener un tel coup ? Difficile, mais pas impossible.

Par contre, il était impossible qu'elle l'eût porté jusqu'au garage. Du moins, seule.

Et Folyet dans toute cette histoire ? Sa théorie ne laissait aucune place pour Folyet. Où était-il allé ?

Le docteur Peters était en route. Il demanderait une enquête, où l'on citerait de toute évidence le docteur Dennison à comparaître. C'est lui qui avait trouvé la femme morte. On le questionnerait à coup sûr.

« Je ne dirai rien à… à propos d'Hilda ! Personne ne peut me forcer à parler ! »

S'il le voulait, il pouvait se taire sur le flacon, sur la présence d'Hilda dans la maison. Mais pas sur Folyet. Si cette histoire éclatait, quelles autres histoires s'ensuivraient ? Si l'on retrouvait Folyet quelque part dans la maison… mort ?

Il s'imagina l'enquête : Hilda questionnée, harcelée, menacée…

« On a pu la tromper ! Elle peut se montrer imprudente, stupide… Mais aucun de ses actes ne peut être vraiment mauvais. »

Le visage de Miss Napier apparut devant lui : ses yeux gris brillant de larmes, son sourire… Il se remémora alors sa gentillesse.

« Qu'est-ce que je peux pour elle ? »

S'il pouvait seulement lui parler, gagner sa

confiance...

On sonna à la porte. Trop tard : aucune chance de la voir, d'élaborer un plan. Une personne de l'extérieur allait entrer en scène, l'affaire monstrueuse devait éclater au grand jour.

Il ouvrit avec une amère réticence et se retrouva nez à nez avec le docteur Peters, un petit homme vif et maître de lui, portant lunettes et moustache grise.

- Bonjour ! lança-t-il en scrutant Dennison. Que *vous* est-il arrivé ?

- Accident de voiture. Ce n'est rien.

Le docteur Peters retira son pardessus.

- Voyons voir... Vous travaillez avec Leatherby, n'est-ce pas ? Vous êtes responsable de ce dossier ?

- Non, la patiente était morte à mon arrivée.

- Hum... Très bien... Le docteur Leatherby m'y a préparé. Il m'a dit qu'elle était prête à partir. Il est plutôt spécialisé dans ces cas de crises cardiaques, n'est-ce pas ? Personnellement, je ne les aime pas. Ils sont délicats... Bien, je vais monter à l'étage.

Dennison le mena en haut des escaliers, à travers la maison silencieuse et illuminée. Ils entrèrent dans la chambre à la lumière tamisée. Miss Horton se leva. Peters lui fit un signe de la tête et, s'approchant du lit, examina brièvement la défunte.

- Quand est-ce arrivé, Miss Horton ?

- À peu près une demi-heure avant que je vous appelle, Docteur Peters. Je... J'étais assise là.

Elle regarda Dennison mais ne put rien lire sur son visage.

- Je... Je n'ai rien entendu. Je ne savais pas que la patiente avait cessé de respirer avant l'arrivée de ce médecin.

Troublée et triste, elle avait honte de son petit somme, peu professionnel, et s'attendait à ce que Dennison crachât le morceau. Mais il se tut, et le docteur Peters n'y vit que du feu. Il posa encore quelques questions sur l'état de la patiente, auxquelles elle répondit à bon escient.

- Y a-t-il un membre de la famille ici ?

- Non, Docteur Peters. Elle ne s'était arrêtée que pour récupérer quelques affaires...

- Avez-vous informé ses proches ?

- Je ne connais personne à informer, Docteur.

- Demandez aux domestiques. Ils sauront.

- Il n'y a aucun domestique ici, Docteur.

- Quoi ? s'exclama-t-il en fronçant les sourcils. Vous essayez d'me dire que vous étiez seule ici avec la patiente ? Dans son état ?

- Le docteur Leatherby voulait qu'elle aille à l'hôpital, mais elle a refusé. Il a dit qu'il enverrait un de ses domestiques, mais j'ai répondu que je pouvais la gérer seule jusqu'au matin. Il était tard... Il n'y avait pas grand-chose à faire pour elle. Il a finalement décidé d'envoyer quelqu'un dans la matinée.

- Savez-vous comment contacter un membre de sa famille, Dennison ?

- Non.

En son for intérieur : « Voilà, ça vient. Il commence à comprendre. Il doit comprendre. Cette femme, morte, ici, comme ça. Seule, sans domestiques... »

- Hum, poursuivit Peters. C'est étrange. Il faut informer quelqu'un. Il faut absolument informer quelqu'un avant... Mais Leatherby doit savoir. Je vais lui téléphoner. Infirmière, appelez le *Regal Hotel* s'il vous plaît. Hum... Je ne sais pas... Je ne vois pas comment écrire un certificat. Je n'ai jamais vu la patiente avant... Et vous, Dennison ? Vous l'avez déjà traitée par hasard ?

- Non.

Le docteur Peters regardait la défunte tout en lissant sa moustache.

« Il comprend à présent », pensa Dennison.

- C'est un peu contraire au règlement... continua Peters, presque pour lui-même. Mais, après tout, Leatherby m'a confié le cas. Un cas parfaitement clair. J'ose dire...

- Le docteur Leatherby à l'appareil, Docteur.

Il prit le combiné.

- Leatherby ? Ah... ! Oui, Peters à l'appareil... Eh bien, votre patiente est décédée... Oui... Oui, j'estime pouvoir établir le certificat de décès. Vous informerez sa famille, ses amis ? Bien ! Oui, je vais m'en occuper... Non, Leatherby, inutile d'envoyer quelqu'un d'autre. Le jeune docteur Dennison est ici... Un cas de longue date – dont vous aviez la charge... L'infirmière était présente... Aucun symptôme particulier. Non... Vous l'avez vue ce soir. Je suppose qu'il fallait s'y attendre ? Très bien, je vais rédiger le certificat. Au revoir !

Il se tourna vers l'infirmière.

- Le docteur Leatherby veut que vous appeliez la maison Freeman. Elle s'occupera des funérailles. Pour sa part, il informera la famille à Denver. Il faut conduire le corps au salon funéraire. Vous attendrez l'arrivée des pompes funèbres, bien sûr. Bon ! Je ne peux rien faire de plus. Pas de chance ! soupira-t-il. Une femme si jeune... C'est dommage. De nos jours, les gens vivent trop et trop vite. Eh bien... Bonne nuit !

Dennison le précéda dans l'escalier et attendit qu'il eût enfilé son pardessus. Il eut la sensation que, quelque part dans la maison illuminée, une voix s'élèverait. Quelqu'un *devait* parler. Il fallait avertir Peters de l'atrocité perpétrée ici. Ne le sentait-il pas dans l'air ?

- Eh bien, bonne nuit ! déclara Peters. Occupez-vous de ces blessures, jeune homme. C'est mauvais de négliger ce genre de chose, *vous* êtes bien placé pour le savoir. Demandez à l'infirmière de vous remettre d'aplomb...

Pauvre Leatherby, bouleversé d'avoir perdu un autre patient... C'est vraiment dommage, une femme si jeune. Bonne nuit !

Le docteur ferma la porte derrière lui. Il était parti, et personne n'avait parlé. Dennison non plus.

« Je ne peux pas ! Pas avant d'avoir vu Hilda. Bon Dieu, qu'est-ce que je dois faire ? *Où est Folyet ?* »

Il sentit qu'il ne pourrait pas en supporter davantage. Les miasmes de doutes confus, d'effroi ressentis dans la maison de Leatherby l'avaient suivi jusqu'ici et s'étaient transformés en un épais brouillard qui l'empêchait de respirer. Alors il se dirigea vers la porte d'entrée, l'ouvrit grand devant lui et inspira l'air frais de la nuit.

La même nuit, toujours, sans fin. Quelques heures plus tôt, il avait goûté au liquide vert, il avait rêvé. La même nuit, toujours, une femme désespérée était venue à lui : il l'avait accompagnée jusqu'ici, où on l'avait attaqué, enfermé, puis il s'était échappé. La même nuit, toujours, il avait fini par trouver Folyet, l'avait à nouveau perdu, avait découvert la femme désespérée, morte, dans le noir. La même nuit, toujours, il avait vu le regard terrible d'Hilda Napier. Une nuit sans fin, au cours de laquelle il avait tout enduré.

- Docteur, lança une voix inquiète derrière lui. Vous n'allez pas partir ?

C'était Miss Horton, à mi-chemin des escaliers.

- J'ai entendu la porte s'ouvrir. Je... J'espère que vous n'allez pas déjà partir.

- Ne vous en faites pas, répondit-il.

Après tout, il n'était pas très convenable de la laisser toute seule, dans cette maison.

- J'attendrai.

- Docteur... J'aimerais vous remercier de n'avoir pas dit... que je m'étais endormie ainsi...

Il la regarda d'un air si étrange qu'elle en devint nerveuse. Comment ne pouvait-elle avoir aucun soupçon ? Ne lui était-il pas venu à l'esprit qu'on l'avait droguée ?

« Non... Je suppose que les gens ne peuvent imaginer pareilles choses... »

- Docteur ! Vous avez l'air... Me laisserez-vous soigner ces coupures ?

Il la remercia et la suivit à l'étage. Elle avait, dans son sac, quelques pansements de base, et elle banda sa tête avec dextérité. Ensuite, il redescendit, se plaça à côté de la porte, où soufflait l'air frais et pur : il en avait assez de ce brouillard. Son cerveau, épuisé, continuait de ressasser, encore et encore, essayait de comprendre, d'assembler les pièces de ce puzzle grotesque pour lui donner un aspect rationnel.

Cette femme venait de mourir de la même manière que Manley. Tous deux consultaient le docteur Leatherby.

Leatherby avait profité de la mort de Manley. Allait-il aussi profiter de celle-ci ?

« Folyet, lui, doit le savoir. »

Folyet était venu chez Leatherby. Il ne faisait aucun doute qu'il savait quelque chose sur l'affaire Manley. Folyet n'était pas revenu. En revanche, Dennison l'avait vu dans cette maison, bâillonné et ligoté.

Très bien, voici une théorie : Folyet en savait trop, alors Leatherby s'était débarrassé de lui. Ensuite, il avait empoisonné la femme, et Hilda Napier avait essayé de l'aider en récupérant le flacon. Cette hypothèse tenait la route. Uniques éléments incongrus : Leatherby et Hilda. Impossible de croire qu'elle avait pu être complice d'un meurtre, tout autant que lui avait pu en commettre un.

« Folyet… Si seulement je mettais la main sur Folyet. »

Il s'assit dans le vestibule et posa la tête sur ses mains.

« Je suis… fatigué. Peut-être que j'ai trop d'imagination. »

Il essaya alors d'avancer une théorie qui minimiserait tous les faits. Ses propres blessures ? La femme était une toxicomane en manque. Elle l'avait assommé pour lui dérober le flacon. Ensuite, elle était peut-être morte d'une surdose. Peut-être l'infirmière avait-elle pris une dose par inadvertance ? Même toute petite ? Quant à Hilda, elle essayait seulement d'étouffer le scandale. Le docteur

Peters était satisfait, l'infirmière était satisfaite. Alors, pourquoi pas lui ?

Mais Folyet ? Il en revenait toujours à Folyet. Rien ne pouvait expliquer la présence de Folyet dans la maison.

Les pompes funèbres arrivèrent, tôt le matin, et récupérèrent la dépouille de cette malheureuse femme. Dennison, debout sur la terrasse, les regarda partir dans la fraîcheur joyeuse et étincelante de cette matinée de printemps. Pour la première fois, il céda à la colère : une colère austère et impersonnelle. Si l'on avait commis le crime suprême contre cette femme, si on l'avait assassinée, pouvait-on l'emmener de la sorte, l'enterrer et l'oublier, sans personne pour protester ? Elle avait été jeune et belle... personne n'allait donc protester ?

Il passa la main sur son front. Bien qu'il se fût rendu le plus présentable possible, les hommes l'avaient regardé, curieux, avec son visage hagard et sa tête bandée.

- Vous devez être fatigué, Docteur, déclara Miss Horton, dans son dos. Je vais préparer du café...

- Pas pour moi, merci. Pouvez-vous en revanche appeler un taxi, s'il vous plaît ?

Il avait atteint un tel état de fatigue qu'il ne voulait plus se reposer, ni manger. Il voulait seulement rentrer à la maison, voir Hilda Napier. Il *devait* lui parler avant de voir quelqu'un d'autre.

Le taxi arriva et s'arrêta en bas des marches.

- Mais, Docteur ! cria Miss Horton. Vous oubliez votre chapeau et votre manteau !

- Je... je les ai perdus... articula-t-il avec difficulté.

La terre tremblait sous ses pieds. La lumière du jour était si intense qu'il ne voyait rien. Un pas, puis un autre, et un autre... Il arriva en haut des marches et s'arrêta. Il chancelait.

Miss Horton plaça la main sous son bras et l'aida à descendre les marches, puis à monter dans le taxi.

- Merci.

- Voulez-vous que je vous accompagne, Docteur ? Voulez-vous un petit verre de brandy ?

- Non, merci.

Il parvint à sourire. Les femmes étaient si gentilles...

Sa tête lui faisait un mal de chien à chaque secousse de la voiture, mais il se sentit un peu mieux, assis là, avec l'air qui soufflait sur lui. Il bougeait au moins, il allait quelque part.

« Après un peu de repos, j'aurai les idées plus claires. »

Une nouvelle idée lui traversa l'esprit.

- Chauffeur, quel est l'endroit que nous venons de quitter ?

- Quoi ? demanda le chauffeur, surpris.

- Cette maison, à qui elle appartient ?

- C'est la vieille maison des Bate. J'sais pas à qui elle est maintenant.

- Quel est le nom de l'endroit, de la ville ?

L'étonnement du chauffeur redoubla. Il n'avait jamais conduit pareil passager auparavant : pas de chapeau, la tête bandée, le visage tailladé, aidé par une infirmière en uniforme, demandant à présent d'où il venait.

- Clearbrook.
- Est-ce loin de Shayne ?
- Entre quinze et vingt kilomètres.

Dennison chercha dans sa poche afin de savoir s'il possédait assez d'argent pour régler une course si longue. Sa main palpa un rouleau de billets, entouré d'un élastique. Il le sortit avec précaution et le regarda : les cent dollars offerts par la femme désespérée contre le flacon.

Il les replaça dans sa poche, s'adossa contre l'angle du taxi, en proie à une étrange tristesse. La fatigue l'empêchait de saisir cette pensée qui l'oppressait tant. Lui vint seulement à l'esprit que cette femme, belle et désespérée, était partie. Que Folyet était parti. Lui-même était plus seul que jamais, comme s'il avait tout perdu…

Le taxi s'engagea dans l'allée. Devant lui, il vit la maison de Leatherby, les rideaux flottaient à travers les fenêtres ouvertes, le soleil du matin la réchauffait. Elle était la source de toute cette douleur, de tout ce malheur. C'était de cette maison qu'émanait le brouillard de méfiance, de peur… et de mort. Il eut l'impression que l'ombre de cette maison, froide et noire, allait à présent lui sauter dessus.

Il régla le chauffeur avec l'argent qui lui restait – son propre argent – et, toujours étourdi, faible, il monta les marches, puis sonna.

Miller lui ouvrit. Le domestique ne prononça pas un mot. Son visage n'exprima aucune surprise en voyant Dennison, dont l'apparence sortait pourtant de l'ordinaire.

- Deux patients attendent, Monsieur.

Dennison le regarda, stupéfait à l'idée qu'on attendait de lui qu'il continuât, comme si de rien n'était. Comme si rien ne s'était passé. Mais son professionnalisme reprit le dessus. Si des patients l'attendaient, il devait les voir.

- Très bien. Je descendrai au cabinet... dans quelques minutes. Apportez-moi du café et quelque chose à manger, s'il vous plaît.

- Certainement, Monsieur.

Dans un soupir, Dennison se mit à monter les escaliers, avec grande difficulté. Voir ses patients, reprendre son train-train quotidien, sans même le temps de réfléchir...

« Je me sentirai mieux après avoir pris un bon bain froid et avoir mangé quelque chose. »

Il atteignit le couloir du haut, se tint immobile un instant, haleta. Il se dirigea ensuite vers sa chambre.

La porte de la pièce voisine était ouverte. Et Dennison vit... assis dans un fauteuil, fumant une cigarette... Il vit Folyet !

Chapitre treize

Dennison désarmé

- Folyet ! cria-t-il.

Folyet tourna la tête.

- Ah ! Docteur Dennison, je présume ? lança-t-il, dans une imitation parfaite du docteur Peters. Comment allons-nous ce matin ?

Dennison, lui, était incapable de prendre la situation avec une décontraction aussi admirable.

- Folyet… Je ne comprends pas… Comment êtes-vous arrivé ici ?

- Quelle question ! Par train et par taxi, mon cher Dennison, lui répondit-il, surpris. Comment, sinon ? J'étais à New York pour affaires, hier, et…

- C'est faux, je vous ai vu !

- La dernière fois que vous m'avez vu, c'était ici, dans la bibliothèque, prenant le café avec Leatherby et vous-même.

- Non ! Vous savez très bien que ce n'était pas la dernière fois. Je vous ai vu hier soir.

- Une erreur, sans doute ! Je suis désolé, Dennison, mais vous avez trop d'imagination. J'ai même parfois craint...

Il s'arrêta, avant de poursuivre dans un ton de profonde compassion :

- J'ai même parfois craint... que vous... que vous vous droguiez, Dennison.

Dennison le regarda, furibond. Il était sur le point de parler, mais quelque chose, dans l'attitude de Folyet, l'en dissuada. Ses yeux d'un noir d'encre, insondables, le dévisageaient. Il avait bien conscience qu'il n'arriverait pas à la cheville de Folyet dans une joute verbale et eut la désagréable sensation qu'il devait se montrer prudent, très prudent.

Toutefois, il n'allait certainement pas permettre qu'on lui clouât le bec de la sorte.

- Je découvrirai le fin mot de cette histoire.

- Il n'y a pas d'histoire.

Après un bref silence, et comme Dennison ne répondait pas, il poursuivit :

- Il n'y a pas d'histoire. Pas d'histoire du tout. Si vous imaginez, mon cher collègue, que vous avez vu... des choses, je vous conseille sérieusement... de les oublier. De tout oublier.

- Ce n'est pas mon genre.

- Je vous le conseille tout de même, dans l'intérêt... d'autres personnes. Votre imagination pourrait... les plonger dans un grand désarroi.

- Vous essayez de me dire que vous pensez pouvoir étouffer une telle histoire ? Vous êtes fou, mon vieux ! Il y a une demi-douzaine d'individus...

Folyet se leva, traversa la pièce et se plaça face à Dennison.

- Dennison, vous commencez à m'importuner.
- Je ferai plus que ça quand j'en aurai fini !
- Si vous tentez de causer des ennuis... vous le regretterez toute votre vie.
- Vous me menacez ?
- Prenez-le comme vous voulez. Essayez seulement de rentrer cela dans votre petite tête : si vous semez la zizanie, Hilda Napier sera la première à en pâtir.
- Laissez-la en dehors de tout ça !
- C'est précisément ce que je vous suggère. Il vous suffit de vous mêler de vos affaires. Si vous pensez avoir vu des choses, oubliez-les !
- Non, je ne les oublierai pas !

Sans ajouter un mot, il tourna les talons et gagna sa chambre.

Il avait besoin de réfléchir, de décider de l'attitude à adopter. Avant tout, il ne devait rien entreprendre qui pût nuire à Hilda Napier.

« Je dois la voir. Je ne peux rien faire avant de l'avoir vue. »

Il effaça volontairement de sa mémoire le regard qu'il avait aperçu sur son visage. Il refusait d'envisager que, peut-être, elle ne parlerait pas. Il se rappellerait uniquement d'autres moments : Hilda au soleil, Hilda lui versant son café, Hilda joyeuse, naïve et souriante.

Il se fit couler un bain et se rasa pendant ce temps. En sortant de la baignoire, il trouva un délicieux petit-déjeuner disposé sur un plateau. Il mangea à la hâte, ennuyé à la pensée de ses patients qui l'attendaient, en bas, depuis si longtemps. Enfin, il refit son bandage le mieux possible, s'habilla et descendit.

Il n'avait pas encore traversé le couloir qu'un doute l'assaillit...

Il se sentait trop bien, beaucoup trop bien. Il avait la sensation de flotter dans les escaliers, de sentir une sorte de vigueur, joyeuse et insouciante, couler dans ses veines.

« On m'a drogué ! »

Il s'arrêta net pour réfléchir. « Il y avait quelque chose, probablement dans le café. Je... je ne suis pas moi-même... Je ferais peut-être mieux de retourner... dans ma chambre... »

Mais sa main ne tremblait pas, il avait les idées claires, étonnamment claires. Il pensa donc qu'il pourrait tout de même s'occuper des deux patients. De fait, il avait l'impression qu'il était capable de tout. Sa sensation de vigueur et de puissance s'amplifia.

« On m'a drogué, mais même dans cet état, je vaux n'importe qui d'autre dans cette maison. Ils ont cru qu'ils pouvaient m'envoyer valser… mais je suis là ! Et comment, que je suis là ! D'abord, les patients. Je suis un médecin qualifié. Je suis même plus que ça. Je suis un docteur né. »

Il rit doucement sous cape.

« Il n'y a rien que je ne puisse faire ! Rien ! Pas si simple de m'évincer… Je vais voir ces patients… Ensuite, je creuserai le mystère de "Mrs. Smith". Donnez-moi une demi-heure de tranquillité, et je l'aurai percé ! Je suis un détective né. Tout le monde ici est contre moi. Très bien, qu'ils le soient ! Je n'ai pas besoin d'aide. *Rien* que je ne puisse faire. »

Il entra dans le cabinet et accueillit la première patiente. Il la voyait mal : elle paraissait si menue, si lointaine. En revanche, il avait les idées parfaitement claires. Elle commença à parler, et il crut saisir d'emblée tous les symptômes de son mal.

Dès qu'il ouvrit les yeux, il comprit qu'un certain temps s'était écoulé. Couché dans son lit, il voyait, par la fenêtre, le ciel bleu et ensoleillé. Pourtant, il savait la matinée terminée. Il savait que quelque chose ne tournait pas rond.

Il regarda sa montre-bracelet : arrêtée à midi trente.

Il s'assit et prit conscience d'un coup de sa misérable faiblesse nerveuse. Il se sentait au bout du rouleau et, en même temps, terriblement agité. Sa tête le faisait souffrir. Il bâillait et bâillait.

« Que s'est-il passé ? Est-ce que j'ai été malade ? »

Tout portait à le croire. Il avait la vague impression d'être resté couché pendant des heures, des jours. Il posa la main sur sa tête douloureuse et remarqua qu'on avait refait le bandage avec dextérité. Il repoussa les couvertures en une sorte de fureur fragile et sentit la sueur inonder son corps au premier mouvement.

- Je ne... subirai pas ça ! cria-t-il.

Il posa les pieds au sol sans pouvoir se lever.

- Je ne... recommença-t-il, la voix tremblant de rage.

La porte s'ouvrit. Mrs. Lewis entra.

- Oh, Docteur Dennison ! s'exclama-t-elle, affligée. Veuillez vous coucher... sur-le-champ !

Il était surpris de la voir, et tout à fait embarrassé.

- Merci... murmura-t-il. Mais si... si vous pouviez me donner ma robe de chambre, dans l'armoire...

- Oh, non ! S'il vous plaît, couchez-vous ! Vous ne devez pas penser à vous lever.

- Si, je le dois, répondit-il en luttant contre une terrible irritabilité. Je vais me lever. Merci de me donner ma robe de chambre.

Elle s'approcha de lui et posa sa main froide sur le front de Dennison.

- Couchez-vous, s'il vous plaît ! le supplia-t-elle, avec un petit sourire inquiet. Je vais m'asseoir à votre chevet. Voulez-vous que je vous fasse la lecture ?

Il fit un grand effort pour ravaler sa colère.

- Non, merci. Je ne suis pas malade. Je vais me lever... Vous voulez bien me laisser ?

- Docteur Dennison, déclara-t-elle, grave. Je crains que vous ne réalisiez pas... Vous avez été malade. Vous ne devez pas penser à vous lever. Mon frère a laissé des instructions : nous devons vous garder au calme.

- Malade ? Votre frère a laissé des instructions... ? Il est donc venu ? Voyons, quel jour sommes-nous ?

- Je ne vous répondrai pas tant que vous ne vous serez pas couché.

Il reposa immédiatement la tête sur le coussin.

- Quel jour sommes-nous ? répéta-t-il, avec une plus grande appréhension.

- Lundi.

- Attendez ! s'écria-t-il. Attendez... lundi ? C'était samedi...

La mémoire lui revenait.

- Où est le docteur Leatherby ? Je dois le voir.

- Il est absent, mais il ne devrait plus tarder.

- Miss Napier ?

- Elle est absente.

- Folyet, alors. Je *dois* voir Folyet !

- Ne vous agitez pas ainsi ! C'est mauvais pour vous. Mon frère et Folyet sont à un enterrement. Mais ils ne vont plus tarder...

- L'enterrement de qui ?

- Une patiente. Une certaine Mrs. Smith. Restez calme, voulez-vous ? Ou je me verrai forcée d'appeler Ames.

- Je suis couché depuis samedi ?

- Vous avez été malade, répondit-elle, évasive.

- Malade comment ? Inconscient ?

- Je... Oui, je crois...

- Vous ne me dites pas la vérité. Vous me cachez quelque chose. Je dois savoir. Ai-je été inconscient ?

- Je ne sais vraiment pas, répondit-elle, comme perdue. Mon frère et le docteur Peters se sont occupés de vous. Le docteur Peters voulait que l'on vous garde au calme cet après-midi. J'ai proposé de veiller sur vous...

- Écoutez, l'interrompit-il, je vous remercie... mais je ne suis plus malade. Je sais ce que je fais. Croyez-moi ! Je dois me lever... maintenant.

- Non. Vous devez attendre le retour de mon frère.

- Je ne peux pas.

Il reprenait des forces, accompagnées d'une inébranlable résolution. Il devait voir Peters sur l'heure, si possible avant que la malheureuse ne fût enterrée. Il n'y avait à présent plus l'ombre d'un doute : un crime avait été commis, et on avait essayé de se débarrasser de lui. Or, la tentative avait échoué. Il était toujours là. Il se redressa une fois de plus.

- Mrs. Lewis. Je ne peux rien vous expliquer pour le moment, mais il s'agit d'une affaire urgente… Je dois vous demander de partir, s'il vous plaît. Je dois m'habiller…

Elle traversa la pièce et sonna.

- Pourquoi vous avez fait ça ?

- Parce que je ne parviens pas à vous contrôler. Vous n'êtes… vous n'êtes vraiment pas raisonnable, Docteur Dennison. J'ai dû appeler Ames.

« C'est mieux comme ça. Lui m'écoutera. » pensa-t-il.

Il se recoucha et attendit. Ames ne tarda pas et entra dans la chambre sur la pointe des pieds.

- M'avez d'mandé, Mrs. Lewis ? murmura-t-il. Très bien, j'vais rester là un moment.

- Vous vous souviendrez, Ames, n'est-ce pas ?

- Faites-moi confiance !

Dennison attendit jusqu'à ce que la porte se fut refermée derrière Mrs. Lewis.

- Ames ! Vous devez m'aider, décida-t-il en s'asseyant sur le lit.

- Sûr ! Y a qu'à rester couché et pas faire d'vagues.

- Je dois sortir… maintenant !

- Très bien. Vous l'direz au docteur quand y s'ra

d'retour.

- Écoutez ! Je ne suis pas fou, Ames. Je suis médecin moi-même. Je connais mes capacités. Je vous dis que je suis parfaitement capable de me lever et de sortir. J'aimerais que vous m'apportiez une boisson bien forte – un brandy ou un whiskey…

- P'tête ben qu'c'est l'cas. Mais j'vous laisserai pas sortir quand même.

- Quel est votre problème ? Si vous refusez de m'écouter, alors sortez !

- Nan. Z'avez assez fait d'mal comme ça !

- Du mal ? De quoi parlez-vous ?

- J'vois pas pourquoi z'auriez pas l'droit d'savoir, lança-t-il sur un ton sec. J'pense qu'vous méritez d'savoir. Sans l'doc Leatherby, vous s'riez déjà en taule. L'a dit qu'vous aurez tout oublié à vot' réveil, mais j'pense qu'vous méritez d'savoir. Vous d'vez réaliser à quoi ça mène, d'prendre c'te came. Et un docteur en plus !

- Donnez-moi une cigarette !

- J'sais pas… répondit Ames, dubitatif. Bon, personne a dit qu'j'pouvais pas…

Il sortit un paquet froissé de sa poche et le tendit à Dennison, qui alluma une cigarette sans attendre. Il se recala dans les coussins et fuma.

- Très bien ! Qu'est-ce que j'ai fait ?

- Z'avez donné à une vieille dame une ordonnance

qu'aurait pu la tuer. Mais l'doc, il a découvert à temps. Z'étiez complètement dans les vapes samedi, avec toute cette drogue. J'vous ai vu aussi, assis sur l'bord de la fenêtre. Vous parliez tout seul... Docteur Leatherby, l'était vraiment sympa, lui. L'a dit qu'c'était trop facile pour un doc de prendre ces trucs. Z'êtes fatigué et épuisé, vous d'vez quand même continuer... Alors, z'avez l'produit à portée d'main. L'a dit qu'on pouvait vous soigner, alors bien. J'espère qu'vous...

— Il a appelé le docteur Peters ?

— Sûr. J'les ai entendu parler d'vous. Doc Peters, l'a dit qu'il vous avait vu chez un patient, le visage tout coupé, l'comportement bizarre. Et un gars que j'connais, qui conduit un taxi, l'a dit qui vous avait ram'né samedi sans chapeau, sans manteau. Vous lui avez d'mandé d'quelle maison vous v'niez. Saviez rien de c'que vous f'siez. J'suis désolé. J'vous aimais bien quand z'êtes arrivé. J'espère qu'vous allez démissionner.

Un sourire étrange se dessina sur le visage de Dennison, un sourire à la fois amer et amusé. Après tout, ils s'étaient débarrassés de lui avec une efficacité remarquable. Ils l'avaient discrédité de la manière la plus totale, la plus irrémédiable. Personne ne le croirait à présent.

Il imagina raconter son récit au docteur Peters : l'infirmière droguée, les efforts de Mrs. Smith pour lui acheter le flacon, son propre petit-déjeuner drogué. Il sourit à nouveau – divagations typiques d'un toxicomane.

Il imagina aller trouver la police, lui, l'homme déshonoré, discrédité, accusant un homme de la position de Leatherby. Leatherby présenterait l'ordonnance, et les autres personnes concernées nieraient tout en bloc. Ce serait sa parole contre la leur.

- C'est sacrément ingénieux ! pensa-t-il à voix haute.
- Quoi ?
- Écoutez ! Je ne sais pas si ça servira à grand-chose de vous dire que je ne suis pas un drogué, que tout ceci est un coup monté – un complot pour m'écarter, parce que j'en sais trop.
- Vous délirez !
- J'ai cent dollars ici. Ils sont à vous si vous allez me chercher un verre et appelez un taxi pour moi.
- Ça change rien. Z'allez vous taire maintenant. On m'a dit d'vous garder ici, alors vous restez ici.
- Très bien. Alors, appelez le docteur Peters.

De toute évidence, cette dernière phrase troubla Ames.

- Pour quoi faire ? Doc Leatherby s'ra d'retour dans pas long.

Dennison réfléchit un moment. S'il parvenait à convaincre Ames d'aller jusqu'au téléphone, le dos tourné, il pourrait lui sauter dessus, le neutraliser et sortir.

« Il est plutôt costaud, et je ne suis pas au meilleur de

ma forme. Mais qui ne tente rien n'a rien. Je dois sortir d'ici, d'une manière ou d'une autre. »

- Je sens arriver une crise de délire, et je sais de quoi je parle. Rappelez-vous, je suis moi-même médecin. Si vous n'appelez pas Peters sur-le-champ, vous le regretterez.

Ames fronça les sourcils, perplexe.

- Et comment j'peux savoir qu'vous dites vrai ?

- Très bien ! Vous pouvez prendre la responsabilité de refuser.

- J'sais pas... répondit Ames, qui ne savait plus à quel saint se vouer.

Dennison se coucha et ferma les yeux. Pâle et la tête bandée, il devait avoir l'air très malade...

- Bon d'acc' ! J'vais transmettre c'que z'avez dit.

Il se leva et, à la grande surprise de Dennison, il sortit.

En un éclair, Dennison sauta du lit. Il se dirigea vers la porte : verrouillée de l'extérieur. Il se dirigea vers le téléphone : coupé. Dans sa hâte désespérée, il commença à s'habiller. Il enfila son pantalon et sa veste sur son pyjama, les chaussures, sur ses pieds nus. Il avait perdu son pardessus et son chapeau cette fameuse nuit. Il ne trouva rien d'autre qu'un très vieil imperméable et une casquette. Il entendit des pas dans le vestibule...

Il ouvrit la fenêtre, grimpa sur le petit balcon. Il pensait pouvoir descendre le long de la conduite en plomb qu'il avait remarquée en une autre occasion.

- Hey ! cria Ames, qui claqua la fenêtre.

Plus le temps de descendre le long de la conduite. Il enjamba la balustrade et s'y tint suspendu par les mains, l'espace d'un instant. La chute le secoua un moment, mais la pluie récente avait ramolli le sol. Il se remit sur ses pieds… et vit une petite voiture s'engager dans l'allée, une jeune fille au volant.

- Evie ! cria-t-il.

Chapitre quatorze

Une alliée

Evie stoppa brusquement la voiture.

- Alex ! cria-t-elle. Qu'est-ce… !

Il monta à ses côtés, juste au moment où Ames sortait par la porte du cabinet.

- Dépêche-toi, Evie ! Fais demi-tour et passe le portail. Vite !

La petite voiture s'ébranla. Ames courut à toutes jambes sur la pelouse pour lui barrer le chemin. Il s'élança au centre de l'allée et cria « Arrêtez ! », mais Evie fit une embardée sur l'herbe, le contourna, passa le portail et rejoignit la route dans un nuage de poussière.

- Tourne d'abord à gauche !

Elle le fit sans problème.

- Tout droit ! Je te dirai quand bifurquer de nouveau.

- Très bien ! Mais j'aimerais savoir où nous allons.

Dennison ne répondit pas. Il la regarda de côté, et son

cœur flancha. Il vit un air de mécontentement se peindre sur son charmant petit visage. Elle était choquée.

- Alors ? Ne vas-tu pas m'expliquer pourquoi tu étais en train de sauter par la fenêtre… ? Sans col, sans chaussettes, le visage tout égratigné ?

- C'est qu'il y a tant à dire… murmura-t-il. Je ne sais pas par où commencer.

- C'est bien ce que je pensais.

Ils roulèrent en silence un moment.

- J'imagine que tu as perdu ton travail à présent.

- Perdu mon travail… répéta-t-il, réfrénant son envie de rire. Oui… d'une certaine façon… oui.

- J'en avais peur. J'ai compris en lisant tes lettres qu'il te déplaisait fort.

- C'est un peu plus que ça.

Encore une fois, le silence s'installa.

- Vas-tu me raconter, Alex ?

Il hésita. Il la savait parfaitement loyale et digne de confiance. Après tout, n'avait-elle pas le droit de savoir ?

- Evie… Tu me promets que tu garderas le secret ? Même vis-à-vis de… de tes parents, je veux dire ?

Son air sévère disparut, remplacé par une légère moue de détresse.

- Oh, Alex ! cria-t-elle. Ne rien dire à papa et à maman ? Ils me font confiance, je ne peux rien leur cacher. Je ne leur ai jamais rien caché. Ils sont merveilleux et me sont si chers...

Dennison eut l'impression d'être une brute, un vaurien.

- Je sais. Mais certaines choses... Si tu étais ma femme, Evie, je te dirais des choses... confidentielles.

- Mais je ne suis pas ta femme.

Nouveau silence. Evie roulait toujours tout droit.

- Si tu préfères ne rien me dire...

- C'est juste qu'une autre personne est impliquée...

- Une fille ?

La question l'estomaqua. Comment pouvait-elle le savoir, même le soupçonner ?

- Tu sais, quelque chose t'a changé, Alex. Je l'ai senti dans tes lettres. Tu as changé.

Il ne pouvait pas le nier. Il avait changé. Comment n'aurait-il pas changé après tout ce qui lui était arrivé ? Il n'y avait pas si longtemps, il considérait encore Evie comme une créature tout à fait supérieure : elle lisait des livres, allait à des concerts, disposait d'une assurance en société qui lui faisait défaut et qui, par conséquent, l'impressionnait. Aujourd'hui, elle lui semblait incroyablement jeune, intolérante et ignorante de la vie. Il avait l'impression d'avoir grandi, vieilli de plusieurs années même, durant cette brève période. Il se sentit usé face à la fraîcheur et à la jeunesse d'Evie... amèrement expérimenté.

- Je suis désolé. J'essaierai d'être différent, Evie.

Elle ne répondit pas.

- Alex, déclara-t-elle après un moment, si tu me racontes ce qui t'est arrivé, très bien. Je te promets de garder le secret. Pour toujours.

Il se sentit touché, un peu penaud face à ses mots.

- Ce n'est pas le genre de choses que tu devrais entendre, Evie.

- Ne sois pas stupide, Alex ! On n'est plus en 1860 ! À mon avis, il n'y a rien que tu puisses me dire que je n'aie déjà entendu. Tu sais, papa est avocat. Il me parle de toutes sortes de cas. Vas-y.

Sec et pragmatique, il commença son histoire. Il lui raconta tout : les patients que le docteur Leatherby voyait à l'étage, la mort de Manley, l'arrivée de Folyet, les mots que Mrs. Lewis avait échangés avec son frère.

- J'ai commencé à m'inquiéter quand j'ai vu que Folyet ne revenait pas...

Il lui parla de son enquête à l'hôtel, du mouchoir taché de sang qu'Ames avait trouvé dans la voiture, de sa propre détermination à engager un détective privé.

- C'est là que certains événements ont commencé à se produire.

Il poursuivit, du mieux possible, et aborda l'épisode du liquide vert qu'il avait goûté, son rêve, l'arrivée de Mrs. Smith, son départ avec elle.

- Mais Alex ! protesta-t-elle. Comment as-tu pu être

aussi stupide ? N'as-tu pas vu dès le départ qu'il y avait anguille sous roche ?

Il fronça les sourcils, impressionné.

- Si, d'une certaine façon. Dès que j'ai eu mis les pieds chez Leatherby, j'ai... j'ai *senti* que quelque chose ne tournait pas rond. Ça peut te paraître idiot, mais c'est le cas.

- Continue !

Il lui raconta tout ce qui s'était passé dans la maison de Mrs. Smith, cette fameuse nuit : comment elle avait essayé de le soudoyer, comment il avait aperçu Folyet, bâillonné et ligoté, comment on l'avait assommé, comment il avait retrouvé ses esprits dans la voiture verrouillée, comment il s'était échappé puis était rentré dans la maison illuminée, comment il avait trouvé Mrs. Smith et l'infirmière.

- Alex ! Mais c'est horrible !

- Je sais. En quelque sorte, le plus horrible, dans cette histoire, c'est que le docteur Peters n'y a vu que du feu. L'infirmière n'y a vu que du feu. Evie, on enterre Mrs. Smith aujourd'hui, et personne n'a rien dit.

- Toi non plus, tu n'as rien dit. Tu les as laissés faire.

Il lui raconta alors ce qui lui était arrivé.

- On m'a drogué, c'est sûr. Mais je ne peux pas le prouver. Je suis... discrédité. Cette histoire d'ordonnance que j'aurais rédigée... Si Leatherby ou Folyet choisissent de jouer cette carte, ma carrière est fichue.

- Ne vas-tu donc pas te battre ? Vas-tu les laisser te détruire ?

Il ne répondit pas tout de suite.

- Je ne sais pas. Je ne sais pas ce que je vais faire, Evie. Je vais découvrir la vérité... si je peux. Mais je ne serai peut-être pas en mesure d'utiliser cette vérité... si je la découvre. Tourne ici !

Ils rallièrent le boulevard.

- Qui est-elle, Alex ?

Il tressaillit en réalisant qu'il n'avait pas mentionné Hilda une seule fois.

- C'est une infirmière qualifiée. Elle est fiancée à Leatherby. Elle s'est montrée gentille avec moi. Je n'aimerais pas... lui causer d'ennuis.

- Tu veux dire que, juste pour l'épargner elle, tu serais prêt à laisser un *meurtre* impuni ?

Il grimaça à ce mot.

- Peut-être que ce n'était pas... ça. Il n'y a aucune preuve.

- Mais si tu découvres qu'il y a bien eu meurtre ?

- Mon Dieu ! Après tout, je ne suis pas le bourreau ! Rien ne m'y oblige, Evie. Si quelqu'un s'était montré... gentil avec toi, tu ne...

- Écoute-moi bien, Alex. Même si c'était la personne que j'aime le plus au monde, je voudrais *quand même* que justice soit faite.

Sa jolie bouche se ferma comme un piège en acier. Elle regarda droit devant elle, puis la petite voiture bondit en avant, descendit le boulevard désert à une vitesse effrénée.

- Papa m'a appris une chose : ne rien faire passer avant la Justice, ni moi, ni mes sentiments.

« Certaines choses sont meilleures que la Justice », pensa Dennison.

- Où allons-nous au fait ?

- J'ai pensé qu'il fallait aller chez Mrs. Smith. Quelqu'un doit prendre les choses en main. J'ai pensé enquêter... Trouver quelqu'un qui serait intéressé par ce que j'ai à dire. Je suis presque sûr qu'elle ne s'appelle pas Smith. Si je pouvais découvrir qui elle est vraiment, j'aurais progressé. Tu vois, ça ne sert à rien d'aller voir Peters maintenant. De toute façon, il pense que j'étais... drogué.

- Et la police ?

- Je ne veux pas encore impliquer la police.

Evie ne répondit rien. Un silence que Dennison trouva désagréable.

- Nouvelle voiture, Evie ?

- Oui. Papa me l'a offerte ce matin.

- Tu as dû être contente.

- Oui, je l'étais.

Elle s'enferma dans un mutisme étrange chez elle. En général, tout ce qui avait trait aux automobiles l'enthousiasmait. Dennison n'était pourtant pas d'humeur à poser des questions. Il avait l'esprit suffisamment occupé, pour le moment.

- Voici la maison !

Evie arrêta la voiture un peu à l'écart de la route.

- Tu sais, Alex, tu as vraiment l'air bizarre.

- J'imagine que oui.

- On dirait un clochard. Personne ne va répondre à tes questions en te voyant comme ça. Regarde !

Elle ouvrit son nécessaire de maquillage et tint le miroir devant lui. Il découvrit son reflet : égratigné, pas rasé, sans col, la casquette bien enfoncée sur son front.

- Je ne me rendais pas compte…

- Tu ne peux pas entrer comme ça. Je vais y aller.

- Mais tu ne sauras pas quoi dire !

- Si ! Quoi qu'il en soit, tu ne peux pas y aller, Alex. J'en découvrirai tout autant que toi, si ce n'est plus.

- Je ne… commença-t-il.

Mais elle bondit hors du véhicule.

- Ne sors pas de la voiture, même une minute !

Elle traversa la route et rejoignit l'entrée de la maison : petite silhouette mince et droite, vigoureuse et courageuse, avec son chapeau jaune ajusté et sa jupe très courte. Dans un sens, il souffrait terriblement de la voir.

Elle remonta l'allée, gravit les marches et sonna. On ouvrit, et elle entra.

« Il y a quelqu'un, en tout cas. Mais quelle enfant elle est... »

Evie avait garé la voiture dans un endroit charmant, en bordure de la route. Le soleil filtrait à travers les branches naissantes des arbres, une douce brise régulière soufflait. Il trouva un paquet de cigarettes dans sa poche, en alluma une et s'adossa à son siège, pour réfléchir.

« Mon sac doit être dans cette maison. Avec mon pardessus et mon chapeau. Qui sait si je les reverrai un jour. J'ai perdu... beaucoup. J'ai sans doute perdu mon travail... comme l'a souligné Evie. Je vais devoir recommencer à zéro, une fois de plus. »

Pourquoi cette pensée l'oppressait-elle plus que de raison ? Il était jeune, fort, il avait confiance en lui. Il était immunisé contre les épreuves. Il raisonna :

« Bien sûr, si je ne récupère pas mon sac, ce sera une belle perte. Tous mes instruments ! Je pourrais peut-être garder les cent dollars... mais non. Je ne pourrais pas. Je ne veux pas. Et il y a l'avance de Leatherby. Si je retire jusqu'à mon dernier *cent*, si je vends mes livres, je pourrai tout juste le rembourser et m'acheter quelques instruments. Le loyer du cottage est payé jusqu'à la fin du mois... Je peux porter le chapeau de paille de l'été dernier et me passer de manteau.

Il se sentait affligé, spolié de tous ses biens. La vie s'étendait devant lui, lugubre et sombre.

« Evie devra m'attendre longtemps. Ma foi, je n'y

peux rien. »

Il se souvint de ses mots. « Ne vas-tu pas te battre ? »

« Je devrais être en colère ! pensa-t-il, surpris. On m'a si mal traité. »

Mais il ne pouvait pas se mettre en colère maintenant. Il était malheureux, sans plus. Il alluma une autre cigarette et se laissa tomber en arrière, les yeux rivés sur le ciel bleu. Le son d'une porte qui claquait violemment le ramena à la réalité. Se tournant, il vit quelqu'un courir sur les marches de la terrasse : une silhouette mince aux cheveux gris. Il la reconnut sur-le-champ : Miller ! Au même moment, une fenêtre s'ouvrit à l'étage, et Evie se pencha.

- Arrête-le, Alex ! hurla-t-elle. Il m'a enfermée !

Dennison bondit hors de la voiture. Miller, qui courait tête baissée, ne l'avait pas encore remarqué. Quand il le vit, il s'arrêta, hésita, puis fit demi-tour.

Il avait une bonne longueur d'avance sur Dennison ; il courait avec la peur aux trousses. Mais il était âgé, il avait le souffle court. Rien devant lui, à part la maison. Il n'avait aucune chance de s'échapper.

Soudain, il contourna le bâtiment. Dennison mit les bouchées doubles, contourna la maison à son tour et vit l'homme littéralement disparaître par la porte arrière.

Dennison le talonnait. Mais Miller avait verrouillé derrière lui. En revanche, la fenêtre de la cuisine donnant sur le porche était ouverte. Dennison grimpa sur le rebord et entra. Il entendit un bruit de pas qui couraient le long d'un passage, alors il le suivit. Une porte lui claqua au nez. Il l'ouvrit et vit l'homme monter à toute vitesse les escaliers, presque plié en deux. Dennison était si proche qu'il l'entendait haleter. Il l'avait presque rattrapé quand Miller s'engouffra par une porte ouverte, la claqua derrière lui et ferma à clé.

– Sortez de là !

– Excusez-moi, Monsieur, répondit la voix tremblante et essoufflée de Miller, mais je ne vois pas pourquoi… Vous n'avez… n'avez aucun droit…

– Ouvrez la porte ou je la défonce ! s'exclama Dennison, en donnant un vigoureux coup de pied.

– Ne faites pas ça, Monsieur !

Dennison donna un autre coup de pied. Le son paraissait choquant, dans le silence de la maison, mais il le soulageait d'une certaine façon. Il voulait faire du bruit, il voulait « semer la zizanie ». Il avait avancé si longtemps dans le noir, sans distinguer d'ennemi, sans élément tangible contre lequel lutter. Il venait enfin de tomber sur quelqu'un qui l'avait fui, quelqu'un qui lui résistait.

– Très bien. J'arrive !

Un coup bien ciblé envoya valser le panneau du bas.

– Ne faites pas ça ! cria Miller, piteusement.

La clé tourna, la porte s'ouvrit, et Hilda Napier apparut.

Dennison en resta bouche bée : sa vue le paralysa. Elle était pâle, ses yeux gris paraissaient vides. Elle lui sembla étrangère, impénétrable, terriblement lointaine dans sa robe sombre.

Miller se tenait derrière elle, dans une chemise à manches longues. Sans son uniforme, il apparaissait sous un jour nouveau. Il semblait plus petit et plus malveillant. Son visage blême était sale, comme s'il avait séché ses larmes d'une main crasseuse. Tremblant et hors d'haleine, il semblait pourtant prêt à affronter n'importe quoi.

- Vous êtes une brute ! Vous m'avez déjà assommé une fois... Ne m'approchez pas ! Miss ! Ne le laissez pas approcher !

- Docteur Dennison, s'il vous plaît, n'interférez pas, lui demanda-t-elle.

- Je suis désolé, mais je dois parler à cet homme.

- Non, murmura-t-elle, d'une voix presque inaudible.

Il ne supportait plus de la voir défendre un tel vaurien. Il se tourna vers Miller.

- Que faites-vous ici ? Je le saurai, même si je dois vous faire cracher la vérité.

- Miss ! cria Miller en reculant.

Elle bloquait le passage.

- Docteur Dennison... !

- Allez-vous-en, s'il vous plaît, et laissez-moi parler seul avec ce type...

- Ne partez pas, Miss ! Il va me tuer !

Elle posa un regard déterminé sur Dennison.

- Non. Il est ici... sur ma demande. Il est venu... faire quelque chose pour moi. Je ne peux pas vous laisser le malmener.

- C'est vrai, tout ça ?

- C'est vrai. Je lui ai demandé de venir. Je suis responsable de tout ce qu'il a fait.

- Si je le laisse partir, vous... vous m'expliquerez ?

- Non.

Silence. De loin, dans le couloir, Dennison entendit un cognement étouffé contre une porte. Evie !

Il regarda Hilda Napier. Qu'elle voie alors ce qu'exprimait son visage à lui.

- Il peut partir, conclut sèchement Dennison.

Il retourna dans le couloir en direction du cognement. Il provenait d'une chambre... tout au bout de l'aile. La clé était à l'extérieur. Il la tourna, et Evie tomba dans ses bras.

- Je les ai ! cria-t-elle, triomphante.

Il regarda par-dessus son épaule : la pièce était emplie de fumée.

- Ce n'est rien ! J'ai surpris un homme en train de mettre le feu à une pile de papiers et d'objets, dans la cheminée... Il m'a priée de l'attendre en bas, dans le salon, mais son air ne me disait rien qui vaille. Je l'ai suivi à l'étage et je l'ai surpris ici. Il a eu une peur bleue quand j'ai ouvert la bouche. Il s'est rué hors de la chambre et a fermé la porte à clé derrière lui. Il avait allumé une belle flambée, mais je suis parvenue à l'éteindre en la recouvrant d'un tapis. Et j'ai récupéré quelques informations... Alex ! Tu ne devineras jamais ! À ton avis, qui était vraiment « Mrs. Smith » ? Alex, elle était l'épouse de Folyet !

Chapitre quinze

« N'importe qui… mais pas Jeff »

Debout devant lui, le visage en feu, elle tenait dans ses mains un tas de papiers froissés.

- C'est le premier pas !

Le premier pas dans quelle direction, le long de quelle route, vers quelle fin ? Vers la Justice, sans aucun doute, vers le châtiment des coupables et de ceux qui osaient bafouer la Justice en aidant les coupables. La Justice, aveugle, tenait un glaive, celui-là même qui, terrible, tomberait de toute évidence sur Hilda Napier…

- Alex !

Il leva les yeux, vit que l'air de triomphe, sur son petit visage, avait cédé la place à un regard plus grave.

- Alex, Folyet est-il est un très bel homme ?

- Eh bien, oui…, répondit-il, troublé. J'imagine, oui. Pourquoi ?

- Je suis désolée…

- Pourquoi, Evie ? Je ne comprends pas.

- Je suis désolée, répéta-t-elle.

Puis, elle se tut et baissa les yeux sur les feuilles, dans ses mains.

- Montre-moi ce que tu as trouvé, Evie.

- C'est... terrible, murmura-t-elle d'une voix traînante. Cela a dû être terrible pour elle, quand elle a lu ces lettres. Et pour lui... quand il les a écrites.

Elle releva les yeux vers lui. Une peur confuse saisit Dennison lorsqu'il vit la compassion se peindre sur le visage d'Evie.

- Montre-les-moi !

Non sans effort, elle reprit son sang-froid et retrouva son assurance.

- Tout d'abord, il y a cela. Reconnais-tu la photo ?

Elle déplaça les feuilles et lui tendit un passeport calciné, au nom de Denise Folyet, trente et un ans, épouse de Geoffrey Folyet. Il reconnut la photographie d'un seul coup d'œil.

- Oui. C'est Mrs. Smith.

- Ensuite, cela... Elles ne sont pas dans l'ordre, mais aucune importance. Lis cela.

Il lui prit la lettre des mains. L'écriture, noire et épaisse, débutait au sommet de la page. Il n'y avait ni apostrophe, ni date.

« *Si tu lui dis, je le nierai de vive voix. Je serais heureux de damner mon âme, s'il m'en restait une. Je sais, je l'ai perdue à tout jamais, elle était toute mon âme. Elle était tout ce que la vie avait de bon et de doux à offrir. Mais même si je l'ai perdue, elle ne doit pas savoir ce que j'ai fait. Si tu lui révèles que tu es ma femme, je lui dirai* n'importe *quel mensonge. Elle me croira. Elle me plaint.*

« *Laisse-moi partir. Dans ton propre intérêt, laisse-moi partir. Je te le répète : je l'aime et je te déteste. Laisse-moi partir... Ou tu le regretteras.*

« *Folyet.* »

Evie ! Nous ne devrions pas lire ça. Ce sont des lettres personnelles. C'est...

Quelqu'un doit les lire. Elles contiennent la clé de toute l'affaire. Lis cela !

Elle lui tendit une autre lettre. Il la tint un moment et réfléchit – du moins, il essaya. Cette peur confuse l'oppressait toujours. Mais si d'autres allaient connaître la vérité, il devait la connaître aussi. Il se mit à lire.

« *Chère Denise,*

« *Ne pouvons-nous pas couper la poire en deux, trouver un arrangement décent ? J'avouerai ma part de torts. J'assumerai tous les torts. Pose tes conditions. Je les accepterai. Je gagne de l'argent aujourd'hui. Tu peux l'avoir... prends tout ! Seulement, laisse-moi partir. Je ne veux pas te haïr. Mais si tu m'y pousses, tu verras que je suis un maître en la matière.*

« *Tu verras très vite ce que je ferai à Leatherby. Je vais le détruire comme il m'a détruit. Il me l'a enlevée. Il l'a "montée" contre moi. Elle commençait à m'aimer, mais elle a fini par l'écouter, parce qu'on lui a appris à l'écouter. Il m'a éjecté du paradis pour me jeter en enfer.*

« *Je ne peux revenir en arrière. Mais je peux l'entraîner dans ma chute. Tu verras ton ami digne et bienveillant sur le banc des accusés. Elle l'y verra aussi. Pour lui, finis les banquets.*

« *Ne me laisse pas te haïr aussi. Dans le cas contraire, tu le regretteras. Divorce et laisse-moi partir.*

« *Jeff.* »

Evie lui tendit une autre lettre, puis une autre et, en les lisant, Dennison se remémorait le beau visage de Folyet, ses yeux sombres et son sourire radieux. Toutes les missives se ressemblaient : toutes débordant de haine, toutes agressives, sauvages et amères. Il avait haï celle qui avait été sa femme. Et il avait aimé…

- Tu comprends, n'est-ce pas, Alex ?

- Comprendre… quoi ?

- Il l'a tuée.

- Impossible. Je l'ai vu ligoté et bâillonné…

- Mais tu sais qu'il a fini par s'échapper. Alex, ne vois-tu pas, dans ces lettres, comment il se sentait ?

- Oui, mais…

- Il ne voulait pas qu'elle dise – à quelqu'un – qu'elle était sa femme. Il a donc tenté de l'en empêcher. Mais ce « quelqu'un » a tout découvert et a essayé de l'aider, lui. Alex, *ne comprends-tu pas* ?

Folyet avait tué sa femme, et Hilda Napier avait essayé d'aider Folyet. Elle avait récupéré le flacon qui l'aurait incriminé. Et aujourd'hui, elle était là, aidant Miller à détruire toutes les preuves de l'identité de cette femme. Parce qu'elle aimait Folyet.

Dans ses lettres, Folyet parlait de quelqu'un qu'il aimait, qui commençait à l'aimer en retour, et que Leatherby lui avait « arraché ». Folyet avait commis cette chose affreuse, et elle le protégeait. « Elle me plaint », écrivait-il. Elle devait faire plus que le plaindre...

À présent, la Justice allait poursuivre Folyet. Qu'on l'attrape ou non, le résultat serait le même : honte et souffrance pour Hilda.

Il s'assit et regarda dans le vide. Il avait oublié la présence d'Evie jusqu'à ce qu'elle se manifestât.

- Alex, je suis... je suis désolée pour toi.

- Pour moi, Evie ?

Il regretta d'avoir parlé. Son air grave, compatissant lui était insupportable. Il se détourna d'elle, se dirigea vers la fenêtre et regarda dehors. Incroyable : le soleil brillait, le ciel était bleu, le printemps semait sérénité et luminosité sur le monde.

Elle aussi avait été sereine et lumineuse. Il se remémora leur première rencontre, dans la lumière d'un soleil éclatant, puis leur dernière rencontre : elle, usée, pâle, sa belle jeunesse sous d'épais nuages. Très bien : qu'elle soit coupable. Qu'elle aime un autre homme, qu'elle se détourne de lui, Dennison, comme elle se détournerait d'un ennemi. Cela n'y changerait rien. Il la garderait dans son cœur jusqu'à la fin de ses jours.

- Alex, je suis désolée… mais il faut faire quelque chose. Nous devons interroger cet homme.

- M… Miller ?

- Je pense que c'était Miller, oui. Il devra répondre…

- Il est… il est parti.

- Alex, comment as-tu pu le laisser partir ? Il était en train de détruire des preuves…

- Je l'ai laissé partir.

- Je vois… Je vois…

Dennison se retourna.

- Je ne suis pas policier ! cria-t-il. Ce n'est pas mon métier, de fouiner.

Il s'arrêta, net. Elle jeta :

- Très bien. J'en fais mon affaire.

- Non ! Tu…

- Alex, l'interrompit-elle, que comptes-tu faire, de toute façon ?

- Je ne sais pas… encore. Je dois réfléchir…

- Très bien, alors réfléchis.

Voici le fruit de ses réflexions : le destin avait voulu qu'Evie arrivât, les foudres de la Justice s'apprêtaient à frapper, et il ne pouvait pas les arrêter.

- Je dois voir Miss Napier, déclara-t-il.

- Elle est partie. Je l'ai vue traverser le couloir, plus tôt, coiffée de son chapeau.

- Alors… je verrai Folyet. Je lui dirai ce que… ce que nous avons… découvert.

- Lui dire ?

- Oui. Je veux juste le prévenir… avant d'aller voir la police.

- Tu réalises qu'il va certainement s'enfuir ?

- Qu'il s'enfuie. S'il le peut. J'imagine que je devrai révéler ce que je sais. Mais je ne suis pas le juge de Folyet, ni son bourreau. Peux-tu me ramener maintenant, Evie ?

- Chez le docteur Leatherby ? Tu sais ce qu'ils t'ont fait, Alex…

- Plus personne ne va me causer d'ennui, à présent.

Sans ajouter un mot, Evie sortit dans le couloir. Il la suivit dans les escaliers, puis au-dehors. Evie monta à bord de la voiture, et il prit place à ses côtés. Ils empruntèrent la route tranquille et ombragée, bifurquèrent sur le boulevard. Là, devant eux, il vit Hilda Napier qui marchait, de son allure tranquille et nonchalante. Elle se retrouvait, une fois de plus, dans la lumière éclatante du soleil, comme la première fois qu'il l'avait vue... quelle différence à présent ! Il crut qu'il n'avait jamais rien vu de plus solitaire que sa mince silhouette.

Evie ralentit.

- Je vous dépose, Miss Napier ? demanda-t-elle, joviale.

- Non, merci ! répondit Hilda, presque aussi joviale. J'ai mon billet de train.

Elles échangèrent un sourire, et Evie poursuivit sa route. Dennison pensa alors qu'il ne comprendrait jamais les femmes – aucune.

Sur le chemin du retour, Evie ne parla que de sa voiture. Elle disposait d'une connaissance approfondie du moindre détail, et Dennison lui répondait du mieux qu'il le pouvait. C'était, pensait-il, le moins qu'il pût faire pour elle.

Comme c'était étrange de retourner dans cette maison avec Evie ! Ils bifurquèrent dans l'allée. Une fois de plus, il vit devant lui la pelouse, les tourelles, les fenêtres devenues si familières à ses yeux en si peu de temps.

« C'est la dernière fois », pensa-t-il.

De toute évidence, il lui faudrait s'en aller. Il ne savait quel rôle Leatherby avait joué dans la mort de l'épouse de Folyet... s'il en avait vraiment joué un. Il ne savait pas si Leatherby avait ordonné qu'on le droguât. En revanche, il ne faisait aucun doute que le « remède » de Leatherby était mauvais et dangereux. De fait, Leatherby comptait parmi les suspects sérieux.

Dans ses lettres, Folyet écrivait que le séjour dans la maison de Leatherby l'avait détruit. Dennison le comprenait bien, à présent. Il se souvint comment lui-même s'était senti en rentrant à la maison, à la nuit tombante, la semaine précédente. Lui aussi avait appris à aimer cette vie de luxe et de dignité, appris à s'y accrocher... Pourtant, le réveil avait été dur. Il avait tout perdu à présent.

- Vas-tu simplement entrer comme si rien ne s'était passé ? Si tu te voyais, ajouta-t-elle en souriant.

Ces mots le déconcertèrent plus qu'il ne voulait le montrer. Il avait oublié son apparence peu convenable.

- Je ne peux pas faire mieux.

- Je vais entrer avec toi, Alex. Je t'attendrai pendant que tu prépares tes affaires.

- Je préfère pas.

- Je le veux, conclut-elle.

Ils gravirent les marches. Il sonna, espérant de tout son cœur qu'il pourrait monter dans sa chambre et se rendre présentable avant de rencontrer quiconque. La bonne ouvrit la porte et émit un léger cri de surprise en le voyant. Il fronça les sourcils.

- Le docteur Leatherby est-il rentré ?

- Oui. Mr Folyet et lui sont arrivés il y a environ une demi-heure.

- Où est Mr Folyet ?

- Il est parti, Monsieur.

- Parti ? Où ?

- Je ne sais pas, Monsieur. Il a appelé un taxi.

- Quelqu'un sait où il est allé ?

- Mrs. Lewis, peut-être, Monsieur. Elle est dans la bibliothèque.

Une fois encore, il oublia son apparence peu convenable ; il oublia Evie aussi. Il jeta sa casquette sur la table du vestibule et se dirigea vers la bibliothèque.

Mrs. Lewis, assise dans un fauteuil bas, en face de l'âtre vide, se retourna au son de ses pas et le regarda, nerveuse. Elle lui parut malade, pâle, les traits tirés, mais l'affaire qu'il lui fallait régler aujourd'hui le préoccupait trop pour qu'il s'en émût.

- Mrs. Lewis, pouvez-vous, s'il vous plaît, me dire où est allé Folyet ?

- Folyet ? cria-t-elle. Que lui voulez-vous ?

- Je dois le voir, c'est très important…

- Pourquoi ? demanda-t-elle, élevant la voix. Pourquoi devez-vous déranger Mr Folyet ?

- C'est important, répéta Dennison, en essayant de parler avec calme, comme un homme raisonnable. Pouvez-vous, s'il vous plaît, me dire…

- Non !

Elle se retourna face à l'âtre.

Une vague d'exaspération déferla sur Dennison. Il eut l'impression qu'il n'avait pas cessé de courir après Folyet depuis des lustres. Il ne parvenait qu'à l'entrevoir pour le reperdre aussitôt. C'était comme si cet homme s'agitait devant lui tel un feu follet, comme si, à lui seul, il tenait la clé de tous les tourments de Dennison.

- Écoutez ! Si vous ne me dites pas où il est, j'irai voir la police.

Elle le regarda par-dessus son épaule, le visage lavé de toute sa couleur.

- La police... pour Jeff... bafouilla-t-elle.

- Il est impliqué... commença Dennison.

- Impliqué ?

Elle se leva et posa une main sur le dossier de la chaise.

- Impliqué ? Il a suffisamment souffert. Laissez-le tranquille !

- Je ne peux pas. Il s'est passé quelque chose...

- Pensez-vous à la mort de cette femme ?

- Oui.

- Alors vous avez découvert qu'elle était son épouse ?

- Oui, répondit Dennison, surpris. Vous le saviez ?

- Il me l'a dit aujourd'hui... À l'instant. Elle est morte. Vous ne pouvez plus rien pour elle. Vous ne pouvez pas le laisser tranquille ? À quel bien aspirez-vous en traînant cette malheureuse... cette misérable histoire ? Laissez-le tranquille !

Dennison se tenait là, aussi sombre que la fatalité.

- Cette femme est morte dans des circonstances extrêmement douteuses. Sa mort mérite une enquête. Il y a...

- Vous ne pensez pas... Vous ne pouvez pas croire que Jeff... commença-t-elle, avant de s'interrompre et de le regarder, terriblement inquiète. Pourquoi pensez-vous que... que Jeff est... coupable ? N'y a-t-il personne... d'autre... ?

- Si. Il y a quelqu'un d'autre... qui mérite d'être blanchi.

- Vous voulez dire Hilda ?

À ce nom, il frissonna.

- Vous... Vous ne voulez sans doute pas qu'elle souffre. Dites-moi où est Folyet.

- Non ! cria-t-elle. Je ne vous le dirai jamais. Il est parti. Il ne reviendra plus. Il a déjà suffisamment souffert, lui.

Elle enfouit son visage dans ses mains.

- Mon Dieu, aidez-moi... ! N'importe qui... mais pas Jeff...

Chapitre seize

La confession de Mrs. Lewis

Elle se rassit. Sa main tremblante jouait avec les perles autour de son cou.

- C'est ma faute... J'aurais dû voir... Je sais qu'il a ses défauts... Mais ces défauts pourraient être des qualités... Si seulement j'avais vu...

Elle releva les yeux remplis de larmes.

- J'étais si stupide... Si cruelle... J'ai écouté Charles. Je croyais qu'il savait, mais c'est la seule chose qu'il ne sait pas. Il peut se montrer si généreux, plus que quiconque, et si bon... Mais il ne peut pas comprendre l'amour. Il m'a parlé de Jeff, et je l'ai écouté. J'ai rejeté Jeff.

« Vous ? pensa Dennison. C'était vous alors et pas Hilda ? Folyet ne parlait pas de Hilda dans ses lettres ? »

Soudain, l'étrange question posée plus tôt par Evie lui revint en mémoire. «Folyet est-il un très bel homme ? » Oui, Folyet était beau, avec ce charme puissant, peut-être irrésistible aux yeux de la gent féminine. Il est arrivé plus d'une fois, dans ce monde, qu'une femme eût aimé un homme qui n'avait cure d'elle. Elle avait semblé si solitaire, le long de cette route...

Elle a dû croire que Folyet avait commis cet acte ; elle a essayé de le protéger. Qu'elle eût voulu supprimer toutes les preuves de l'identité de cette femme ne faisait aucun doute. Par pitié ? Ou... par amour ?

- Les hommes ne comprennent jamais, poursuivit Mrs. Lewis.

Les larmes coulaient le long de ses joues, mais il n'y fit pas attention.

- Jeff a commis le pire acte qu'il aurait pu commettre. Il a essayé de me retourner contre Charles. Il m'a dit... qu'il avait découvert... quelque chose de terrible... Bien sûr, je n'ai pas voulu l'écouter. Je lui ai dit que je le détestais pour ça. Je pensais que je le détestais. J'ai... j'ai essayé de le détester. J'ai demandé à Charles de le renvoyer.

Sa voix se brisa. Elle se tut un moment.

- Charles n'a jamais voulu... me faire du mal. Il pensait m'aider. Personne d'autre ne connaît sa bonté, sa générosité comme moi. Des gens... des patients... des amis bénissent son nom. Il ferait tout, donnerait tout pour aider. Il s'est montré si bon envers moi. Mes parents sont décédés alors que je n'étais qu'une enfant. Charles a été tout pour moi, depuis toujours. Je ne l'ai jamais entendu prononcer un seul propos désobligeant. Il n'est jamais arrivé que je lui demande quelque chose sans l'obtenir. Mon mariage... battait de l'aile. À cette époque, je ne sais pas ce que j'aurais fait sans Charles. Quand je me suis tournée vers lui, je n'ai jamais trouvé que générosité et noblesse. Et sa bonté n'est pas comme celle des autres. Il n'accuse jamais, ne juge jamais. Il apporte son aide, sans plus. Il offre non seulement de l'argent, mais aussi son temps, ses forces et sa merveilleuse sympathie. Vous avez dû voir. Vous avez dû entendre comment les gens parlent de lui.

- Oui, j'ai entendu.

- Personne ne doit le juger ! Vous ne devez pas le juger selon votre point de vue. Lui voit les choses sous un autre angle. S'il a un jour fait... du mal à quiconque, c'est que ses idées sont bien supérieures à celles du commun des mortels. Il ne voulait pas blesser Jeff. Il l'aimait bien. Il voulait l'aider. C'était ma faute...

Une fois de plus, elle se tut. Ses larmes ne coulaient plus, mais une immense tristesse se lisait sur son visage.

- Je n'ai appris qu'aujourd'hui ce que Jeff a fait à l'époque, poursuivit-elle. Il me l'a avoué tout à l'heure. Quand on l'a renvoyé d'ici, il était désespéré, prêt à tout, même. Alors il s'est tourné vers quelqu'un d'autre. Une femme qu'il n'aimait, ni ne respectait... Une femme prête à tout, elle aussi. Il l'a épousée... une semaine après son départ. Il n'a pas tardé à le regretter... Il voulait qu'elle le laisse partir, mais elle refusait. Et... il n'est pas patient. Il n'est pas toujours bienveillant, ou seulement... Mais il était malheureux. Il a essayé de se convaincre que Charles en était la cause. Il s'est mis en tête de lui faire du mal, de me forcer à voir qu'il n'était pas... celui que je croyais... Mais il n'y serait jamais parvenu ! Même si...

Elle s'interrompit un instant.

- Peu importe ce que Charles a fait : il estimait ses actes légitimes. Personne ne doit le juger.

Son visage prit un air presque sévère.

- Jeff a eu tort. C'était mal et cruel. Mais il a tellement souffert... Il a cru qu'il avait découvert cette... cette chose horrible, alors il est revenu. Il voulait que je comprenne... Mais cette femme... sa femme... l'espionnait. En apprenant qu'il était venu ici, elle s'est mise à le suivre. Elle était folle, désespérée parce qu'il voulait la quitter. Elle a appelé Miller. Elle était la patiente de Charles, vous comprenez. Elle connaissait Miller. Elle lui a confié que Jeff était venu ici pour... pour semer la zizanie. Miller aurait fait n'importe quoi pour l'en empêcher. Je veux que vous compreniez que Charles ne savait rien de tout cela. Rien du tout ! Quand Jeff est monté dans la voiture pour rentrer à l'hôtel, Miller s'est servi d'un objet pour l'assommer...

- Je vois !

Ce que Miller pouvait faire une fois, il pouvait le faire deux fois. Dennison aussi avait été assommé !

- Non, vous ne voyez pas ! répondit-elle avec une sorte de véhémence. Vous ne pouvez pas, c'est ce que j'essaie de vous dire. Après cet épisode, Miller a ramené Jeff auprès de sa femme : une maison meublée qu'elle avait choisie pour être près de lui... pour l'espionner. Au début, elle a fait semblant de se montrer raisonnable. Elle l'a persuadé de rester avec elle, de discuter de toute cette histoire, de trouver un arrangement pour leur... séparation. Miller est allé à l'hôtel récupérer les bagages, et Jeff est resté. Il la croyait. Mais après quelque temps, il a compris son manège. Alors elle a avoué : elle ne le laisserait jamais partir. Il lui a répondu qu'il partirait quand même, qu'elle pouvait bien faire ce qu'elle voulait. Une fois de plus, elle a dû téléphoner à Miller, car il est allé là-bas... cette fameuse nuit...

Dennison se tenait immobile, comme s'il avait pris racine. Leurs regards se croisèrent.

- C'était son idée à elle ! cria-t-elle. La sienne... et celle de Miller. Et de personne d'autre...

Nouveau silence.

- Elle lui a donné quelque chose, dans un verre de vin. Quand il a retrouvé ses esprits, il était ligoté et bâillonné. Elle lui a dit qu'elle irait chercher du... du poison... pour le tuer... Ensuite, elle est sortie, le laissant seul dans la maison pendant un long moment. Il savait qu'elle ne bluffait pas. Vous pouvez imaginer... ce que ça a dû être pour lui.

Une fois encore, leurs yeux se croisèrent d'un regard étrange et terrible.

- C'est Charles qui l'a libéré ! Charles l'a détaché, lui a donné un remontant. Jeff m'a confié ce que Charles lui a dit alors : « Je suis désolé, Folyet. Je vous demande pardon si je vous ai blessé. Faites pour le mieux Folyet, je ne vous en voudrai pas. » Jeff s'est souvenu de chaque mot. Je me suis souvenue, moi aussi. Vous ne voyez pas à présent… ?

- Non, déclara Dennison à demi-voix.

Il ne « voyait » pas encore, hormis une chose monstrueuse qui se formait dans son esprit.

Cette femme était partie chercher le poison qui tuerait Folyet, mais pour aller où ? Ici, dans la maison de Leatherby, et elle voulait récupérer le flacon que Leatherby avait préparé pour elle.

Une fois encore, il observa Mrs. Lewis. Une fois encore, leurs regards se croisèrent, et ils ne purent détourner les yeux.

- *Non !* cria-t-elle, comme s'il avait parlé.

Mais il n'avait pas prononcé un seul mot. Il ne pouvait pas parler. Seuls ses yeux posaient ces questions qu'il ne pouvait pas formuler.

Quelle était cette « horrible chose » que Folyet avait découverte au sujet de Leatherby ?

- Jeff s'en est allé, continua-t-elle, répondant aux

questions qu'il n'avait pas posées. Il m'a promis qu'il ne... qu'il ne dirait rien de plus. Tout est terminé, la boucle est bouclée. Vous le comprenez, n'est-ce pas ?

Terminé ? La boucle bouclée ? L'épouse désespérée venait d'être enterrée. Allait-on l'oublier sans jamais la venger ?

- C'est impossible, dit-il à voix haute. Que voulez-vous dire ?

Il ne savait pas comment l'expliquer. Il *savait* seulement que c'était impossible. Même s'il choisissait de tenir sa langue à tout jamais, même si Folyet préférait le silence, même si Hilda gardait son secret, quelqu'un finirait bien par parler. Impossible d'enterrer assez profondément les événements qui s'étaient déroulés cette fameuse nuit, dans la maison illuminée.

- Maintenant... Maintenant que je vous ai tout raconté, allez-vous laisser Jeff tranquille ?

- Je ne peux pas. Folyet sait quelque chose...

- Il ne parlera jamais ! Il est parti. Il ne reviendra plus. Votre... Votre police ne le retrouvera jamais. Elle se contentera de jeter le déshonneur sur... sur d'autres personnes, de causer leur malheur. Oh, pourquoi ne vous en allez-vous pas ? N'en avons-nous pas tous suffisamment enduré ?

- C'est trop tard à présent. Quelqu'un d'autre sait qui était cette femme. Les choses doivent suivre leur cours.

Folyet devra parler, peu importe ce qu'il sait.

- Il ne le fera pas ! Il ne le fera… jamais ! Je vous l'ai dit… Je l'ai chassé… une fois de plus ! Je sais à présent que je l'aime… Mais je l'ai chassé… lui si triste et si amer. Je l'ai sacrifié… une fois de plus !

Son agitation croissante l'alarma. Elle perdait le contrôle d'elle-même : yeux dilatés, lèvres tremblantes, voix haut perchée qui le fit tressaillir.

- Écoutez-moi ! lui répondit-il sur un ton volontairement froid et sec. Vous devez regarder la vérité en face. Mrs. Lewis…

- Je l'ai fait ! l'interrompit-elle sauvagement. Je… Je l'ai regardée en face. N'ai-je pas entendu Jeff traiter mon frère d'*assassin*… ?

La porte coulissante qui donnait sur la salle à manger s'ouvrit avec un terrible fracas. Miller entra.

- Et c'est un satané mensonge ! s'exclama le domestique.

Il tenait dans la main un morceau de peau de chamois qu'il avait utilisée pour nettoyer l'argenterie. Il la froissa comme s'il étranglait quelqu'un.

- Vous devriez avoir honte de lui avoir dit ça… à lui ! lança-t-il à Mrs. Lewis.

- Attendez ! s'interposa Dennison.

- Ne m'interrompez pas ! rétorqua Miller. Écoutez-moi !

Il fourra la peau de chamois dans la poche de sa veste et, avec une hâte plutôt maladroite, tira d'une autre poche un petit automatique, qu'il braqua tout droit sur sa cible : le visage de Dennison.

- J'ai déjà failli arriver à mes fins deux fois. Celle-ci sera la bonne.

- Alors vous êtes fou ! lui lança Dennison. Vous devrez payer pour ça, d'une manière qui ne vous plaira sans doute pas.

- Je ne suis pas fou ! Le docteur Leatherby saura toujours me protéger. Je suis à son service depuis vingt ans, il ne permettra pas qu'il m'arrive quelque chose. Si je vous tirais dessus dans la rue, il trouverait un moyen de me sortir de là. Lui a-t-on reproché quoi que ce soit les fois d'avant ? Non ! Et ils ne trouveront jamais rien, d'ailleurs.

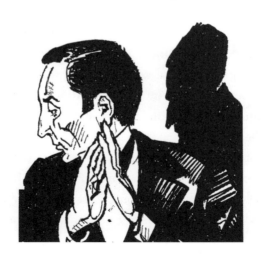

- Miller ! murmura Mrs. Lewis. Que voulez-vous dire ?

- Tout va bien. Il ne nous causera plus d'ennuis. Qui se soucie de son avis ? Je l'ai déjà mis K.O. deux fois. La première, chez Mr Folyet – mais je n'ai pas frappé assez fort. Comme il m'a fiché la frousse cette fois-là ! Le docteur Leatherby m'a dit d'y retourner, de le sortir du garage et de le ramener ici avec « soin ». Je peux vous l'assurer, il ne lui aurait plus fallu de soins, une fois de retour à la maison… Mais il avait disparu. Je suis monté à l'étage et l'ai vu parler au docteur Peters. « La partie est terminée », je me suis dit. J'ai essayé de joindre le docteur Leatherby, mais il avait donné des instructions à l'hôtel : qu'on ne le dérange pas jusqu'au matin. Toute la nuit, j'ai cru que la police allait arriver. Et le lendemain matin, le voilà qui revient ! Dans la gueule du loup. Je voulais seulement lui donner quelque chose qui le tiendrait tranquille jusqu'au retour du docteur Leatherby, mais je n'en sais pas assez sur ces drogues, moi. Le docteur a dit que je lui en avais donné assez pour tuer un homme ordinaire. Mais il a la peau dure ! Seule une balle pourra le mettre à terre.

- Miller !

- Pourquoi pas ? Imaginez, vous êtes dans la jungle, un tigre vous fait face et vous lui tirez dessus. On ne peut pas appeler ça un meurtre, non ? C'est pareil avec les êtres humains. Il faut se débarrasser des individus dangereux.

Très peu de personnes peuvent comprendre les idées du docteur Leatherby. Je ne suis pas instruit, mais il avait l'habitude de me parler, parfois. La vie n'a rien de sacré. Il m'a expliqué que le monde serait bien meilleur si l'on pouvait se débarrasser de beaucoup de gens – ces gens qu'on ne peut pas soigner. Il m'a raconté, plus d'une fois, qu'une seule vie sur mille mérite une place dans ce monde. Comme un arbre, il a dit. L'arbre de la vie humaine, il faut le tailler : mieux vaut quelques fleurs parfaites qu'une centaine de fleurs médiocres. Je comprends très bien. Mon père était jardinier, dans le vieux pays.

Dennison jugea affreux et lamentable d'entendre les mots de Leatherby sortir de cette bouche, d'entendre les « idées » de Leatherby utilisées par cet homme en vue de justifier ses actes.

- Miller ! lança Mrs. Lewis. Charles a uniquement dit ce genre de choses…

- Excusez-moi, Miss Rose, la coupa Miller, mais il les pense. Prenez le cas de Mr Manley… Celui dans lequel Folyet a fouiné. J'y ai beaucoup réfléchi. Je veux comprendre le point de vue du docteur. Voici mes conclusions. Le docteur, il pensait que Mr Manley, avec tout son argent, ne faisait de bien à personne. Il savait que Mr Manley était vraiment malheureux. Alors il a pensé que Manley serait mieux mort et que lui, le docteur, pourrait utiliser l'argent de Mr Manley pour le bien de beaucoup d'autres personnes. En plus, il a cette façon d'offrir la mort sans douleur. Mieux que sans douleur, avec beauté.

Ses yeux cherchaient l'approbation de Mrs. Lewis, mais elle avait le regard dur, vide, comme si une porte de son esprit s'était fermée, comme si elle ne pouvait pas vraiment entendre les mots qu'il avait prononcés.

- Le docteur ne m'a jamais parlé de… de ça, poursuivit-il. Mais je l'ai découvert par moi-même, car je pensais que je pouvais mieux l'aider si je savais. Personne d'autre ne le soupçonnait mais moi, je savais. Chaque patient mort d'une « crise cardiaque » a d'abord reçu un de ces flacons. Un jour qu'il était sorti, je suis monté dans son cabinet privé. J'ai trouvé la combinaison du coffre. Il contenait un flacon. J'ai prélevé un peu de liquide, que j'ai remplacé par de l'eau. Ensuite, j'ai versé le liquide dans une jatte de lait, que j'ai donnée à un chat errant. La pauvre petite bête a commencé à ronronner. Elle s'est étirée et, alors qu'elle ronronnait, elle est morte. J'étais désolé. J'aime beaucoup les animaux. Mais l'envie de savoir était plus forte. Quand Folyet a commencé à fourrer son nez là-dedans, j'étais content de savoir pour pouvoir aider le docteur. J'ai vu que Folyet commençait à avoir des doutes. J'aurais pu me débarrasser facilement de lui. J'aurais versé le liquide dans sa gorge et lui aurais bouché le nez, en attendant qu'il ait tout avalé. Mais le docteur est arrivé et l'a laissé partir. Je ne comprends pas pourquoi.

Je vais alors vous l'expliquer, déclara la voix de Leatherby depuis l'embrasure de la porte. Car je n'ai qu'un seul meurtre à mon actif.

Chapitre dix-sept

L'éthique du docteur Leatherby

Il se tenait là, avec son habituel sourire bienveillant sur ses lèvres moustachues ; digne, courtois, serein, comme à son habitude.

- Permettez-moi de m'excuser. Je vous écoute depuis un certain temps, et je crois nécessaire de vous expliquer quelques-unes de mes idées. Miller, donnez-moi le pistolet, voulez-vous ? Merci. Non, ne partez pas ! J'aimerais que vous restiez et que vous écoutiez. J'aimerais que vous compreniez.

- Ça m'est égal, Monsieur ! cria Miller. Ce que je dis, c'est que tout ce que vous faites est juste. Si vous avez des ennuis, je resterai à vos côtés, Monsieur.

- Asseyez-vous, Miller.

- Mais... Mrs. Lewis, Monsieur...

- Mrs. Lewis n'y voit aucune objection, répondit le docteur, en regardant sa sœur.

Elle ne bougea pas, elle ne cilla pas. Assise, elle arborait toujours ce même regard vide, comme si elle n'entendait plus rien. Miller s'assit sur le bord d'une chaise, dans un coin. Leatherby, lui, s'installa dans son fauteuil habituel. Seul Dennison resta debout.

- En règle générale, je ne juge pas nécessaire de justifier mes actes. Je n'ai de comptes à rendre à personne. Même si j'avais eu parfaitement conscience des élucubrations de Folyet, je ne me serais pas donné la peine de les réfuter. Je lui aurais permis de continuer... de porter plainte contre moi, le laissant salir sa réputation et se ridiculiser, sans me causer de véritables ennuis. Qui aurait donné crédit aux divagations abracadabrantesques d'un jeune homme que je m'étais vu contraint de renvoyer ? Il n'avait aucune preuve. Il n'aurait jamais eu aucune preuve.

Il s'interrompit pour allumer un cigare. Il tendit la boîte à Dennison, mais le jeune homme refusa.

- Je vais vous expliquer mes raisons... à vous, Dennison. De fait, je serais peiné qu'il y ait un malentendu entre nous.

Il sourit.

- Et la tâche ne sera pas facile, poursuivit-il. Aucun pont ne nous relie, aucun point commun. Dans notre situation, le point de vue purement calviniste s'oppose à l'approche classique – deux idées qui ne peuvent cohabiter dans le même monde. Je ne parviendrai jamais à vous convertir, Dennison. Et même si le pouvais, je ne crois pas que j'en tirerais une quelconque satisfaction. J'ai un profond respect pour vous.

- Merci, Monsieur... marmonna Dennison, déconcerté.

- J'aurais aimé vous voir partager mon banquet. Je l'ai

savouré, Dennison. J'ai trouvé la vie riche et exquise. Mais vous, vous avez votre propre façon de vous nourrir... Une source intarissable... Je ne sais pas...

Sa voix s'affaiblit. Pendant un moment, il regarda devant lui, dans le vide. Puis, dans un léger sursaut, il se reprit.

- Comme je l'ai dit, je ne me sens pas forcé de justifier chacun de mes actes. La pitié m'a poussé à les commettre. Une immense pitié pour les créatures humaines – jouets tourmentés des dieux. Ce que j'ai pu voir dans notre monde, Dennison ! La souffrance... la souffrance tout à fait futile... Ne pouvez-vous pas la sentir ? Sentir qu'une pauvre créature torturée puisse *rechercher* le salut, quel qu'il soit ?

- Il est de mon devoir, en tant que médecin, de soulager les gens du mieux que je peux, expliqua Dennison. Mais...

- Mais quoi, Dennison ?

Pour un homme taciturne comme lui, il était difficile de parler, de formuler clairement ses propres idées en présence de cet homme à l'intellect si supérieur. Il s'exprima tout de même.

- On ne peut pas échapper à certaines souffrances, Monsieur. On doit y faire face.

- Pourquoi, Dennison ? Pourquoi faire face à une existence remplie d'amertume ? S'il ne subsiste aucun espoir de paix ?

- À mes yeux, la paix n'a pas tellement de valeur. Je ne crois pas que la paix soit une bonne chose.

- Un homme qui vit en paix avec lui-même vit comme un dieu, Dennison.

- Je ne veux pas vivre comme un dieu. Je suis un être humain. Je n'attends rien d'autre que de vivre une vie humaine. Si elle est dure, c'est à moi de l'endurer… si je ne parviens pas à la rendre meilleure.

Leatherby se cala dans son fauteuil.

- Dennison… Dennison, vous êtes très éloquent.

- Éloquent ? répondit-il, en rougissant. Je ne revendique rien…

- Je pense ce que j'ai dit, l'interrompit Leatherby, avec l'ombre d'un sourire.

Et de poursuivre :

- « Encore un peu et tu vas me persuader[9]… » Encore un peu… mais pas tout à fait. Non. Je reste sur ma position : la vie d'un homme lui appartient, il est libre de la renvoyer à la figure des dieux qui se sont moqués de lui. Comme Miller vous l'a dit, j'ai trouvé un moyen de rendre la mort simple et belle. Tel est le cadeau que j'offre à mes semblables.

- Je… je ne suis pas sûr de comprendre…

- J'ai offert la mort à qui la voulait vraiment. J'ai toujours privilégié les autres moyens avant. J'étais disposé

---

9. Actes des Apôtres, 26:28.

à accorder mon temps, ma sympathie, mon argent. Mais lorsque je me suis retrouvé impuissant… lorsque j'ai fait face à des douleurs et à des chagrins incurables, alors, seulement, j'ai offert la mort.

- Vous voulez dire… ?

- J'ai étudié chaque dossier. Quand la vie d'un patient m'a paru insupportable, et dans ce cas seulement, j'ai consenti à offrir mon cadeau. À Manley, par exemple. Il avait tout perdu. Sa femme et sa fille l'avaient quitté. Sa santé déclinait. L'avenir ne lui aurait plus apporté que solitude et chagrin. Je lui ai donc donné mon remède.

- Il… il savait ce que c'était ?

- Savait ? Il m'a supplié de le lui donner… tant sa douleur était grande. Mon pauvre vieil ami… Il l'a emporté avec lui comme s'il s'agissait du plus grand trésor jamais découvert. Je l'ai vu à la morgue, pendant l'enquête, et il était heureux. Son visage de mort arborait un air qu'il n'avait plus eu depuis vingt ans.

- Vous… Vous le lui avez vendu… pour de l'argent ?

- Prenez-le comme vous voulez. Une fois que je consens à le donner, j'attends que le bénéficiaire contribue, par tous les moyens possibles, à ce que je puisse poursuivre mon travail. Ils ne m'ont donné que ce qu'ils ont bien voulu.

- Comment savaient-ils qu'ils pouvaient obtenir… cette chose chez vous ?

- Je leur ai dit. À la fin, quand je me retrouvais face

à un de mes semblables sans espoir, en proie aux plus extrêmes souffrances, je lui expliquais qu'une porte de sortie existait.

- Étaient-ils... nombreux ? murmura Dennison.
- Aucune importance. J'en prends la pleine responsabilité. Mes actes ne pèsent pas sur ma conscience, mais je vois à présent une faille dans tout cela. Une faille critique...

Son sourire sombre quitta ses lèvres.

- J'ai tendance à sous-estimer la faiblesse humaine. Je comprends maintenant que ce qui vient de se passer, dans le cas présent, aurait pu se produire plus tôt. Mais je vous donne ma parole que cette possibilité ne m'avait jamais effleuré. Une femme est venue me voir ; une femme au bout du rouleau. Une toxicomane incurable, dans la mesure où elle n'avait nullement l'intention de se faire soigner. Son mariage était malheureux. Sa vie était un véritable enfer. Elle m'a demandé de but en blanc de lui donner quelque chose – n'importe quoi – qui mettrait fin à son existence misérable. Elle est revenue, encore et encore. J'ai fini par lui promettre soulagement et délivrance. Mais elle m'a déçu. Elle voulait la mort, non pas pour elle, mais pour quelqu'un d'autre.

- Pour Folyet ?
- Pour Folyet. Je n'ai pas réalisé à quel point elle le haïssait. Je ne peux pas comprendre la haine. Je ne l'ai

jamais ressentie. Elle voulait tuer Folyet, mais vous refusiez de lui donner le flacon. Elle a donc décidé de vous forcer à le lui remettre. Elle a demandé à Miller de l'aider. Pauvre Miller ! Il voyait en Folyet un danger pour moi, un danger qui n'a jamais vraiment existé. Il pensait que Folyet pouvait me détruire. Il était donc prêt à détruire Folyet. Il aurait aidé cette folle à verser la mort dans la gorge de Folyet, mais je suis arrivé à temps.

Il s'interrompit.

- C'est triste, poursuivit-il. C'est triste et horrible de penser à Hilda. La disparition de Folyet l'a fort troublée. Elle savait qu'il était marié, mais ne voulait pas que Rose le sût. Elle a interrogé Miller, mais il a refusé de lui répondre. Cette nuit-là, comme si les dieux avaient voulu lui faire une horrible plaisanterie, elle a rendu visite à l'épouse de Folyet pour avoir des nouvelles de Jeff. Elle est arrivée à temps pour voir…

Nouvelle pause.

- Avant de quitter la maison, Miller m'a téléphoné. Il était effrayé, pris de panique. Il m'a dit que vous accompagniez Mrs. Folyet, que vous trouveriez Jeff chez elle. Je n'en avais pas la moindre idée avant. Et je n'avais pas compris le point de vue de Miller. Une autre… faille… Quand j'ai appris la présence de Folyet dans la maison et votre arrivée imminente avec la patiente, j'ai craint les ennuis. Mais je n'ai jamais soupçonné ce qui se tramait.

J'ai loué une voiture et m'y suis rendu sur-le-champ. Par chance, il a fallu beaucoup de temps à Mrs. Folyet et à Miller pour vous enfermer dans le garage. Ils n'avaient donc pas pu surveiller Folyet. Je suis arrivé à temps. J'ai libéré Jeff et renvoyé Miller. Ensuite, j'ai confronté la femme qui m'avait déçu. Je lui ai dit qu'elle ne méritait pas de vivre : soit elle buvait le poison qu'elle réservait à Folyet, soit je la tuais de mes propres mains.

- Charles ! cria sa sœur. Non… !

- Vivante, elle aurait représenté une menace pour tout le monde. Elle aurait rendu la vie de Folyet insupportable. Elle t'aurait causé tristesse et humiliation, ma chère. Elle était la seule qui connaissait vraiment mon… appelez-le mon secret. Elle aurait pu me détruire. De plus, elle ne méritait pas de vivre. Elle le savait… Et elle a bu. Je savais qu'il lui restait alors au moins deux heures à vivre. J'ai donc téléphoné à une infirmière de l'hôpital. Je voulais, bien entendu, que les événements paraissent naturels. J'ai offert à l'infirmière un verre de vin dans lequel j'avais versé un somnifère. J'avais prévu qu'elle dormirait jusqu'au matin et qu'elle omettrait de mentionner le vin. Ça n'aurait pas été dans son intérêt. J'avais peur que Mrs. Folyet ne parle… ne divague. De plus, je ne voulais pas que l'on apprenne la mort avant le lendemain. Je voulais du temps pour qu'on libère Dennison, pour que je puisse retourner à mon hôtel, en ville. J'ai téléphoné à Peters. Je lui ai parlé de la situation comme d'un cas ordinaire. Je savais qu'il ne le considérerait pas sous un autre angle. J'avais demandé à Miller de revenir plus tard pour libérer Dennison. Je suis donc retourné en ville, sans inquiétude. Pour moi, il était impensable, voire impossible, que quelqu'un entrerait dans la maison cette nuit-là. Par malchance, ma pauvre Hilda est arrivée. Elle a trouvé la porte ouverte, elle est entrée. Elle a trouvé l'infirmière endormie et Mrs. Folyet, qui parlait…

« J'avais laissé le flacon vide dans la chambre. Comme vous en aviez connaissance, Dennison, j'ai jugé plus avisé de n'en faire aucun mystère. Je pouvais dire qu'il s'agissait d'un remède que je lui avais administré pour son cœur. Il ne laisse aucune trace détectable. On n'aurait jamais pu faire un lien entre le flacon et le décès.

« Mais Mrs. Folyet a tout raconté à Hilda. Cette drogue a pour effet de plonger celui qui la prend dans un état de béatitude, je ne peux le décrire autrement. L'esprit du patient reste clair, mais exalté. Vers la fin, le patient sombre dans un sommeil paisible, durant lequel la mort intervient, imperceptiblement. Une authentique euthanasie… Malheureusement, Hilda est arrivée au chevet de Mrs. Folyet pendant la phase d'exaltation. Celle-ci a parlé à Hilda, lui a montré le flacon, lui a dit à quel point elle était ravie de mourir, à quel point elle m'était reconnaissante de mettre fin à ses souffrances.

Il se tut un moment.

- Pauvre Hilda ! Elle est venue en ville, jusqu'à mon hôtel, avec le flacon vide. J'avais donné des instructions : on ne devait pas me déranger jusqu'au matin. Comme elle n'avait pas assez d'argent pour rentrer à Shayne et revenir à l'hôtel le lendemain, elle a passé toute la nuit dans la salle d'attente de la gare. Le matin, à huit heures, elle est revenue à l'hôtel. Elle croyait vraiment me « sauver » de la chaise électrique. Je lui ai pourtant assuré que je ne courais aucun risque. J'ai essayé de lui expliquer mes idées, ma théorie sur la vie. Mais elle ne pouvait pas comprendre. Elle s'est éloignée de moi, comme si j'étais un criminel.

Pour la première fois, Dennison vit sur le visage de Leatherby un air de lassitude, de déception et de vieillesse.

- Elle est loyale et reconnaissante par-dessus tout, poursuivit-il. J'ai pu venir en aide à ses parents quand ils vivaient encore, elle ne l'oubliera jamais. Mais elle ne peut pas comprendre. Mon point de vue, ma conception de la vie lui font horreur. Elle est si jeune... Elle est trop jeune... J'aurais dû le savoir... Seule la reconnaissance...

Dennison l'imagina, assise toute la nuit dans une salle d'attente, avec son flacon vide, déterminée à sauver la vie de l'homme qui avait été si bon avec ses parents, en proie à Dieu sait quelle souffrance – désillusion et horreur. Elle qui avait ressenti une si profonde et si fidèle admiration pour Leatherby.

- Bien sûr, continua Leatherby, Hilda ne dira rien. Elle est ici, à présent…

Dennison sursauta.

- Elle complète les dossiers et finit le travail que j'ai inventé pour elle. Elle envoie justement à mes clients un courrier annonçant que vous reprenez mon cabinet.

- Je… Je ne peux pas !

- Vous êtes trop sensible, répondit Leatherby, avec un sourire. Les patients ne connaissent pas ma philosophie. Ils espèrent tous vivre le plus longtemps possible, quelles que soient les circonstances. Je leur transmets votre ancienne adresse. Vous devez y être à deux heures, pour vos consultations. Ce n'est pas un cabinet très lucratif, Dennison, mais c'est un point de départ…

On sonna, et Miller se leva comme un automate, se faufila avec respect à travers la pièce et rejoignit la porte.

- Nous ne sommes là pour personne, Miller, déclara Leatherby.

Il se leva.

- Hilda ne dira rien. Miller ne dira rien. Folyet est parti et ne reviendra pas. Et vous, Dennison ?

Dennison ne répondit pas.

- Je vais emmener ma sœur loin d'ici, poursuivit Leatherby. Nous allons voyager. Nous allons recommencer nos vies ailleurs. Et je n'offrirai plus jamais mon cadeau à personne. Je vous le promets. Garderez-vous le silence, Dennison ?

Dennison ne répondit toujours pas. Il en était incapable. Un affreux dilemme lui rongeait l'âme, se reflétait sur son visage…

Puis, la voix de Miller retentit, depuis le vestibule – un cri de terreur.

- Docteur Leatherby, Monsieur ! *Attention !*

Tous se tournèrent vers la porte. Les rideaux s'écartèrent, et Evie entra, accompagnée de Folyet.

Chapitre dix-huit

Vale ![10]

Mrs. Lewis se leva.

- Jeff, cria-t-elle. Jeff, tu as promis... Traître !

Elle retomba dans son fauteuil. Dennison, alarmé par son aspect, s'approcha d'elle. Fragile, nerveuse, c'en était trop pour elle.

Mais Folyet fut plus rapide. Il traversa la pièce et se plaça à côté du fauteuil de Mrs. Lewis.

- Je n'ai pas pu m'échapper, déclara-t-il, avec un sourire amer. Je suis prisonnier.

- Qui est cette demoiselle ? demanda Leatherby.

- Je suis Evelyne Curtis !

Elle avait répondu d'un ton cassant. Ses cheveux courts étaient ébouriffés sous son petit chapeau jaune, ses joues, empourprées ; un regard d'acier implacable se greffait sur son charmant visage enfantin. Son père, procureur de sa ville, avocat réputé, était un homme robuste, à lunettes,

---

10. Mot latin qui signifie : « Au revoir » ou « Porte-toi bien ».

et bien qu'Evie fût une jeune fille charmante, elle lui ressemblait beaucoup, en ce moment : il ne faisait aucun doute qu'elle était son enfant, jusqu'au bout des ongles.

- Que puis-je pour vous ? demanda Leatherby.

Debout à ses côtés, elle paraissait vraiment petite et menue, mais elle avait pourtant le regard d'une amazone bien armée. Elle le dirigea sur Folyet, comme si elle pointait un pistolet sur sa tête.

- Je l'ai ramené. Quand j'ai entendu la bonne dire qu'il venait de partir en taxi, j'ai pris ma voiture pour essayer de le retrouver. J'ai pensé qu'il irait sans doute à la gare, et j'avais raison. J'ai vu quelqu'un attendre sur le quai. Il ressemblait exactement à l'image que je m'en faisais, alors je me suis dirigée vers lui et lui ai demandé s'il était Mr Folyet. Il a acquiescé. Je l'ai forcé à m'accompagner.

- Qu'est-ce que je pouvais faire ? demanda Folyet à Mrs. Lewis. Elle m'a montré une demi-douzaine de lettres que j'avais écrites... elle m'a menacé de les donner à la police. Il y aurait eu une enquête. Tu comprends...

Dennison n'avait jamais imaginé Folyet mal à l'aise, mais c'était le cas à présent. De toute évidence, il avait trouvé en Evie une adversaire trop redoutable pour lui.

« Et moi, je l'ai oubliée ! Complètement oubliée », pensa Dennison, stupéfait.

- Qui êtes-vous ? s'enquit Mrs. Lewis en regardant la jeune fille. Pourquoi vous immiscez-vous ?

- Je m'immisce parce que personne d'autre ne le fera. Un crime a été commis, et tout le monde veut l'étouffer. Pas moi !

- Evie, lança Dennison d'un ton sec. Tu m'avais promis…

- J'ai dit que je ne révélerai pas les choses que tu m'as confiées. Très bien, je tiendrai parole. Mais je peux révéler les choses que j'ai découvertes par moi-même. Je peux amener ces lettres à la police et expliquer qu'une pauvre femme a été enterrée aujourd'hui sous un faux nom. Je peux prouver qui elle était vraiment… et qu'on l'a menacée. Cela devrait suffire pour commencer.

- Evie…

- Non, Alex ! l'interrompit-elle. Tu ne feras rien, et ils le savent. Ils se moquent de toi. Regarde ce qu'ils t'ont fait ! Ils t'ont assommé. Ils t'ont drogué et calomnié. À présent, je suppose que tu vas te retirer, comme un gentil petit animal docile ? Mais je ne me tairai pas, moi ! Celui qui a commis cet acte horrible doit payer. Et je me fiche de qui il s'agit !

Il la regarda, impressionné par quelque chose d'admirable en elle. C'était vrai, elle se fichait de ce qui s'était passé, de ceux qui avaient souffert, tant que l'on punissait le coupable. Dennison repensa aux lettres qu'elle lui avait écrites, dans lesquelles elle lui avait reproché ses différents défauts, avec gentillesse, mais fermeté. C'était dans sa nature, elle était rompue à cet exercice. Elle était la fille de son père – ni tolérante, ni compréhensive, mais totalement honnête. Elle ne reculait devant rien.

- Que voulez-vous ? murmura Mrs. Lewis. Que comptez-vous faire ?

- Je veux connaître la vérité.

- C'est très ambitieux, ajouta Folyet. Quelqu'un connaît-il La Vérité ? Y a-t-il une Vérité absolue… ?

- Inutile de tenir de tels propos, rétorqua Evie. Quelqu'un a tué cette femme. Quelqu'un doit payer.

- Vous croyez que je l'ai tuée ? demanda Folyet.

- Cela me paraît fort probable, répondit Evie, glaciale. Vu ce que j'ai lu dans ces lettres.

Un silence étrange suivit ses mots, un silence qui ressemblait à un mur de résistance contre elle. Elle le sentit. Elle savait que personne, dans cette pièce, ne voulait qu'elle connût la vérité.

- Je pense que vous l'avez tuée, et je pense que cette fille, Hilda, vous a aidé.

- Non, s'exclama Leatherby. Vous vous trompez complètement.

- Elle était là-bas ce matin, à brûler des documents… à détruire des preuves…

- Vous vous trompez, répéta Leatherby. Je pense qu'il va falloir vous expliquer.

- Charles, cria Mrs. Lewis.

- Ma chère, c'est inévitable. Tu le vois toi-même. Hilda ne peut pas être accusée de façon si irresponsable. Et Folyet ne peut plus se taire, face à ces lettres. C'est inévitable.

Il se tourna vers Evie et la regarda, avec son sourire bienveillant.

- J'ai tué Mrs. Folyet.

Dennison eut alors pitié d'elle. Excitée par cette chasse à l'homme, le jeu le plus palpitant sur terre, elle se retrouvait à présent confrontée à la réalité, la réalité la plus concrète. Elle avait prêché sa morale, il lui fallait à présent faire face aux conséquences : l'auteur du crime, quel qu'il fût, devait payer. Il était démasqué.

Ses joues pâlirent, la laissant blanche comme un petit fantôme. Néanmoins, elle tint bon, avec vaillance.

- Peut-être que vous voulez... simplement protéger quelqu'un d'autre, déclara-t-elle.

- Demandez à Dennison, répondit Leatherby en souriant.

Elle se tourna vers Dennison.

- Alex... ?

- Oui.

Les yeux d'Evie, emplis de désespoir, fixèrent son visage. Elle se tourna vers Mrs. Lewis, affalée dans son fauteuil les yeux fermés, puis vers Folyet, à ses côtés, une main légère sur l'épaule de celle qu'il aimait. Elle ne recevrait l'aide de personne. Elle devait prendre sa décision, seule.

- Très bien ! lança-t-elle d'une voix mal assurée. Dans ce cas... vous feriez mieux de venir avec moi... et de raconter toute l'histoire à papa. Il saura quoi faire.

- Aucun doute là-dessus, répondit Leatherby avec courtoisie. Pour l'heure... Folyet, prendrez-vous soin de ma sœur ?

Folyet se redressa ; son masque d'amertume et de raillerie disparut.

- Comptez sur moi, Monsieur !
- Dennison... ?
- Je... Je suis désolé, Monsieur...
- Ne le soyez pas. Je ne suis plus un jeune homme. Nombre de mes amis sont partis. Je suis resté presque seul à mon banquet. Les lumières s'éteignent, les unes après les autres, les guirlandes se détériorent. Je ne suis pas désolé d'emprunter la porte de sortie.

- Je suis désolé, Monsieur... répéta Dennison, en tendant la main.

Leatherby l'accueillit d'une poignée ferme. Ensuite, jetant un dernier regard à sa sœur qui semblait demi-consciente, il se dirigea vers la porte.

- Où... Où allez-vous ? demanda Evie.
- Je vais... me préparer.

Elle le suivit mécaniquement dans le vestibule, le regarda monter les escaliers. Dennison la rejoignit et, quand Leatherby eut disparu de leur vue, il prit conscience du son de la machine à écrire, dans la salle de réception. Hilda...

Les intentions de Leatherby étaient si bonnes, mais ses actes, si mauvais. Tels des miasmes morbides, ses idées s'étaient répandues dans la maison et avaient empoisonné tout le monde... sauf Hilda. Les pensées de Dennison volèrent vers la jeune femme, dans son uniforme blanc, l'honorable livrée de sa délicate vocation, si avide d'aider, si fidèle, si bienveillante. La seule à avoir été épargnée. La seule capable d'évoluer et de respirer dans cet air vicié, sans en être affectée.

Mais la tristesse et la honte s'étaient abattues sur elle aussi.

« Que va-t-elle faire à présent ? » pensa-t-il.

Ce n'était pas son problème. Il ne pouvait rien pour Hilda Napier, ni acte, ni parole...

- Il en met, du temps... déclara Evie. Un temps vraiment long...

Sa voix semblait mélancolique. Il se tourna et la vit assise sur la table du vestibule : une silhouette juvénile, mais terriblement incongrue dans la mission qu'elle s'était imposée.

« Elle le regrettera... Si toutefois elle se permettait de regretter au moins un de ses actes. »

Un bruit de ferraille contre la vitre de la porte le fit sursauter. Il se dirigea vers l'entrée et contempla l'averse printanière soudaine. Leatherby avait pensé que le bonheur devait être le seul but de la vie, mais il se trompait. Un homme pouvait vivre sans connaître le bonheur…

- Alex !
- Oui, Evie ?
- Il prend vraiment beaucoup de temps. Je…

Dennison ne répondit pas. Il savait que Leatherby ne redescendrait jamais ces marches vivant. Il l'avait su d'emblée.

- Alex ?
- Oui ?
- Tu… Tu as l'air bizarre…

Ses yeux s'écarquillèrent. Elle s'approcha de lui.

- Alex, dis-moi !

Il ne voulait toujours pas répondre. Saisie soudain d'une grande peur, elle le prit par les épaules et essaya de le secouer.

- Tu voulais une mort pour une mort, lui dit-il enfin. Eh bien, ton vœu a été exaucé.

- Tu veux dire… qu'il s'est suicidé ?

- Qu'est-ce que ça change ? La Justice ne peut-elle pas s'en contenter, sans en faire tout un spectacle… ? Sans juge, sans toque, sans articles à sensation dans les journaux ?

Elle se mit à pleurer tout d'un coup.

- Tu es dur comme… comme la pierre ! sanglota-t-elle. Je l'ai toujours su ! Tu feras toujours les choses à ta façon…

toujours. Maman l'a compris, il y a longtemps. Elle *savait* que nous ne nous entendrions jamais.

- Evie ! protesta-t-il.

- Je suis venue ce matin pour te le dire. J'ai compris dans tes vilaines lettres que cela t'était bien égal de repousser notre mariage indéfiniment.

- Ce n'est pas juste, Evie !

- Je le sais, répondit-elle, contre toute attente. Je devrais avoir honte de moi… Te faire des reproches, alors que je… en fait, j'ai rencontré quelqu'un d'autre… Je suis venue pour te le dire ce matin. Mais quand j'ai vu à quel point ta situation était *pitoyable*… j'ai décidé de ne rien te dire, jamais. J'ai pensé t'épouser et faire… faire de mon mieux pour toi… du moins… tant que la situation restait… aussi misérable…

- Evie ! Tu veux dire… ?

- Entre nous… ça n'a jamais vraiment été le… le grand amour, déclara-t-elle, dans un sanglot. Alex, je suis… je suis *terriblement* désolée… !

Il posa ses mains sur ses épaules, mais elle s'écarta et secoua la tête. Elle sécha ses larmes, releva les yeux vers lui, mais de nouvelles larmes les baignaient déjà.

- Je m'en vais ! déclara-t-elle.

- Mais qu'en est-il de… ?

- Je n'en peux plus ! cria-t-elle. Je n'ai jamais pensé qu'une épreuve pouvait être si… terrible. Moi non plus, *je* ne suis pas policier. Je suis… je suis juste une jeune fille. Je veux rentrer à la maison ! Oh, je veux rentrer à la maison !

La porte se referma derrière elle. Par la vitre, il la vit courir sous la pluie jusqu'à sa voiture.

Alors il se retourna et traversa le vestibule pour retrouver Hilda.

Table des matières

Introduction	9
Dennison trouve du travail	23
Dennison choisit d'ignorer un conseil	39
Le point de vue du Docteur Leatherby	55
Arrivée de Mr Folyet	71
Une lettre pour Dennison	85
Mrs. Lewis propose ses conseils	97
« On dirait qu'il y a eu meurtre… »	109
Un rêve insupportable	123
« Mrs. Smith »	141
Vide – mais pas tout à fait…	153
La maison illuminée	165
Ce que vit le docteur Peters	173
Dennison désarmé	189
Une alliée	205
« N'importe qui… mais pas Jeff »	221
La confession de Mrs. Lewis	233
L'éthique du docteur Leatherby	247
Vale !	259